MAR

Née en 1957 à Ville Mont-Ro
langues russe et italienne.
bécois, elle collabore réguli
Le cercle de Clara, publié en   *...ing*, van-
couver, Talonbooks, 2001), a ...mement salué comme le début
d'une œuvre importante, confirmée en 2003 par *L'élu du hasard*.

LE CERCLE DE CLARA

Publié pour la première fois en 1997, *Le cercle de Clara* est à la fois un roman épistolaire et un roman-journal. À travers une multiplication de points de vue, la romancière raconte avec art et talent une histoire qui se déroule à l'été 1895 dans une Nouvelle-Écosse victorienne. Edmond Weiss, un universitaire épris de botanique et de mycologie, décide d'isoler son épouse Clara, neurasthénique et hystérique, à Blackpool, un morne village perdu en campagne. Pour mieux l'asservir dans la maison d'un capitaine parti à la découverte de l'Arctique, il suit les conseils d'un médecin qui lui a recommandé pour la malade, outre une cure de sommeil, des bains glacés et une alimentation de viande crue. La jeune femme subit silencieusement ces mauvais traitements, mais se console en se confiant à son journal et en échangeant des lettres avec une tante et une sœur, restées à New Raven. L'héroïne émergera toutefois de la noirceur et de l'humiliation et se vengera à sa façon de son détestable et dégoûtant mari.

LE CERCLE DE CLARA

MARTINE DESJARDINS

Le cercle
de Clara

Roman

BIBLIOTHÈQUE QUÉBÉCOISE

BQ BIBLIOTHÈQUE QUÉBÉCOISE est une société d'édition administrée conjointement par les Éditions Fides, les Éditions Hurtubise HMH et Leméac Éditeur. BIBLIOTHÈQUE QUÉBÉCOISE remercie le ministère du Patrimoine canadien du soutien qui lui est accordé dans le cadre du Programme d'aide au développement de l'industrie de l'édition. BQ remercie également le Conseil des Arts du Canada et la Société de développement des entreprises culturelles du Québec (SODEC).

BIBLIOTHÈQUE QUÉBÉCOISE bénéficie du Programme de crédit d'impôt pour l'édition de livres du Gouvernement du Québec, géré par la SODEC.

Conception graphique : Gianni Caccia
Typographie et montage : Dürer *et al.* (MONTRÉAL)

Catalogage avant publication de Bibliothèque et Archives Canada

Desjardins, Martine, 1957-
Le cercle de Clara
Éd. originale : Montréal : Leméac, 1997.

ISBN 2-89406-244-3

PS8557.E782C47 2004   C843'.54 C2004-941042-3
PS9557.E782C47 2004

IMPRIMÉ AU CANADA EN SEPTEMBRE 2004

*À la mémoire d'Yvonne
et pour Monic Robillard*

Juin 1895

Journal de Clara Weiss

Dimanche 2 juin

Il fait nuit et je marche dans la forêt. Aucun vent n'agite les arbres. Je m'arrête au pied d'un rocher et je fouille dans un tas de feuilles mortes. Mes doigts en sortent couverts de gelée noire. Je crains d'être tombée sur un corps décomposé, mais ce ne sont que les cendres détrempées d'un ancien feu de camp.

J'ai fait ce rêve hier après-midi et je me suis éveillée comme Edmond rentrait de la chasse. Je suis descendue à sa rencontre, lissant mes cheveux que je n'avais pas eu le temps de recoiffer. Il m'a tendu un levraut qu'il avait pris aux collets.

« Je suis un méchant, méchant homme, n'est-ce pas ?

— Oh non, ai-je répondu. Pas cela. »

Il s'est penché pour me baiser l'épaule et a glissé un trochet de noisettes dans le creux de ma main.

« Mon petit écureuil a bien dormi », a-t-il constaté avant de disparaître dans la cuisine.

Je ne suis pas son petit écureuil.

En attendant le souper, je suis allée semer des graines de *Trifolium purpureum* devant la maison. C'est la variété qui produit le plus de trèfles à quatre feuilles, d'après le catalogue de Roscoe, Fuller & Co. Et Dieu sait si j'ai besoin de chance. Tante Hortense, elle, n'a pas à cultiver ses porte-bonheur : elle trouve des trèfles à quatre feuilles partout où elle va. C'est un don qu'elle a, comme d'autres ont celui de guérir le hoquet ou de repérer les sources. Moi, je n'ai aucun don, mais j'ai un pressentiment : si nous restons encore ici longtemps, il arrivera quelque chose d'horrible. Edmond ne prend pas mes pressentiments au sérieux. Il les attribue à ma condition nerveuse.

Quand je suis rentrée, il était déjà installé dans la salle à manger. Comme j'allais m'asseoir, il m'a lancé :

« Reboutonne ta robe, veux-tu ? On te voit la gorge, et c'est indécent. »

Il tenait dans ses mains le dernier ouvrage du docteur Clavel, *Cures de sommeil et traitements réfrigérants*, dont il s'est mis à me lire un passage :

« *Les jeunes femmes sujettes aux agitations de l'esprit sont assaillies par leurs pensées comme par une meute de loups ; elles ont peur d'un rien et n'ont ni jugement ni volonté. Cette condition étant aggravée lorsque leur constitution est épuisée, il est crucial de les fortifier non seulement par le sommeil, mais encore par une diète crue.* Eh bien, Clara, nous commençons cette diète dès ce soir.

— Devons-nous vraiment suivre les recommandations du docteur Clavel à la lettre ? De toute façon, ma constitution n'est pas épuisée. C'est l'ennui qui me rend malade.

— L'ennui ? Mais comment peux-tu t'ennuyer ici ? Tu as la plage, le grand air, les fleurs, les insectes... Moi, je ne m'ennuie pas. Et, tu vois, je ne suis pas malade.

— Tu le serais si tu devais comme moi suivre une cure de sommeil. À force de dormir quinze heures par jour, je finirai par ne plus jamais me relever. »

Edmond m'a lancé un regard irrité en refermant sèchement le livre:

«Clara, est-ce que tu recommences à te plaindre? Je peux te renvoyer à la clinique, si tu préfères.»

La clinique du docteur Clavel... Les enveloppements froids dans les draps mouillés, les sangles de caoutchouc, les pales des grands ventilateurs, les lavements d'eau glacée, les machines réfrigérantes. J'ai baissé les yeux et j'ai avalé ma soupe à la fausse tortue en silence — de la soupe en conserve Huckins, une parfaite écœuranterie. Des pastilles de lumière, réfractées par l'eau de la carafe, papillotaient sur la nappe de lin, les assiettes lisérées d'or et les couteaux d'argent. Pendant qu'Edmond dépeçait le levraut rôti, j'ai jeté un coup d'œil au livre du docteur Clavel.

«Écoute bien, Edmond, ceci te concerne: *Chez les hommes atteints, les pensées arrivent non comme une meute de loups mais comme un troupeau de moutons, et culbutent l'une par-dessus l'autre de la façon la plus stupide.*

— Ton assiette.

— Pouah! Que ça sent mauvais. Je parie que cette bonne à rien de madame la Maréchale a oublié de retirer les viscères avant de faire cuire l'animal. Dis donc, vois-tu quelque chose d'anormal dans ces entrailles-là? Je veux dire, quelque chose comme deux appareils reproducteurs? D'après l'*Histoire naturelle* de Pline, il arrive que les lièvres aient les deux sexes. Pauvre Pline, mort asphyxié par les fumerolles du Vésuve... Les scientifiques succombent souvent parmi les sujets qu'ils étudient. Cela pourrait t'arriver à toi aussi, à force de manipuler les champignons vénéneux.»

Sans dire un mot, Edmond a laissé tomber dans mon assiette un morceau de râble auquel semblait rattaché un byssus purpurin — une lamelle de poumon sans doute. La viande était encore crue. J'en ai pris une bouchée et je l'ai mâchée avec précaution. Entre mes dents, j'ai senti le sang jaillir de la chair comme d'une éponge et couler lentement dans ma gorge. J'ai eu un haut-le-cœur et les larmes me sont montées aux yeux. Mais j'ai avalé, pour ne pas retourner à la clinique, et je n'ai passé aucun commentaire. Les Spartiates non plus ne se plaignaient pas quand on leur servait le *jus nigrum*, ce brouet noir fait d'intestins de lièvre. De toute façon, Edmond ne comprendrait pas mon dégoût, lui à qui ne répugnent ni le moisi du pain, ni le duvet des confitures mal conservées, ni les meurtrissures des fruits gâtés. À la fin du repas, il est venu près de moi et a avancé sa bouche vers la mienne. J'ai détourné la tête. Avec un rire amer, il m'a donné une petite tape sur la joue:

«Je te sauverai malgré toi, mon petit écureuil. Prends ton narcotique et va te coucher, maintenant.»

Je me suis endormie en posant la tête sur l'oreiller, et j'ai rêvé que je tentais désespérément de cracher, du fond de ma gorge, des boulettes de cartilage chancies. Oserai-je écrire ce qui s'est passé ensuite?

J'ai été réveillée en sursaut. Dans le noir, la porte venait de s'ouvrir. Le cœur battant, je suis restée immobile. Des pas s'avançaient vers le lit. Au-dessus de moi, une tête s'est penchée, embuant mon front de son souffle chaud, pendant qu'une main sournoise se coulait sous le drap pour l'écarter. Brusquement Edmond s'est écrasé sur moi et, d'un coup de genou, s'est fait une trouée entre mes jambes. Malgré ses charges répétées, le mur de mes os n'a pas cédé. Un murmure à

mon oreille. J'ai cru entendre : «Ouvre ta chatière.»
C'était trop grotesque. Étouffée par l'âcre odeur de sa
peau échauffée, ma tête s'est mise à tourner, j'ai eu l'impression que le lit allait basculer. En me rebiffant, j'ai
esquissé une ruade. Edmond a laissé échapper un juron
et s'est relevé. Il a quitté la chambre en grommelant :

«Il est plus aisé pour un chameau d'entrer par le trou
d'une aiguille que pour un homme d'entrer dans ton
royaume, Clara. Tu es indéhiscente.»

J'ai cherché tout de suite dans le dictionnaire la
définition du mot «indéhiscente». C'est un terme de
botanique, évidemment, qui signifie : dont le fruit ne
s'ouvre pas spontanément à l'époque de la maturité.

Une araignée rouge pas plus grosse qu'une poussière vient de grimper sur mon cahier et sa course en
panique risque de détourner mon attention. Il ne faut
pourtant pas que ma plume s'arrête une seule seconde.
Au premier signe de défaillance, par la première brèche
qui s'ouvrira dans la citadelle de ma vigilance, l'horreur
reviendra me plonger dans son cauchemar et ne me
quittera qu'à l'aube.

Pas un bruit dans la nuit, que la lancinante cantilène
des vagues. Quoique... Commencerait-il à pleuvoir ? Les
feuilles du négondo gémissent sous la salve des premières gouttes. L'orage approche à grands pas, mais les
roulements lointains du tonnerre ne couvrent pas
encore la rumeur inquiétante du ressac. *Qui venit nic
decumanus fluctus* : voici venir la dixième vague, la plus
forte, la plus terrible de toutes...

Le vent s'engouffre par la fenêtre, apportant un
parfum d'herbes humides ; il faudrait cependant un
cyclone pour purifier l'air qu'Edmond a vicié. Tout mon
corps se rétracte de dégoût. Une nouvelle crise va

commencer, comme après chacune de ses visites nocturnes, et je devrai sangler mes genoux avec une ceinture pour calmer les spasmes qui les font tressaillir. Je vais être asphyxiée et je ne pourrai appeler personne à mon secours. Qui d'ailleurs me protégerait contre mon propre corps — mon pire ennemi?

Ovide dit qu'après la mort, la moelle épinière se change en serpent. Mon échine à moi grouille de serpents. Mes nerfs sont comme ces vipereaux qui, à peine éclos dans le ventre de leur mère, l'étouffent sans pitié *in utero*. Ils nouent leurs fermes anneaux autour de mes poumons et les resserrent lentement. Ils s'enroulent autour de mon cou et procèdent sans pitié à la strangulation. Comprimées par leur formidable étau, mes veines se gonflent jusqu'au bord de l'éclatement; mon sang affolé se débat et martèle mes tympans. Ma tête turgescente s'engourdit, un voile noir descend devant mes yeux exorbités. Ce râle, est-ce mon dernier souffle? Et la nuit, l'impitoyable nuit qui ne veut pas finir...

Clara Weiss à Hortense Beaumont

Blackpool, lundi 3 juin

Chère tante,

Comment vous remercier pour votre cadeau extravagant? La statuette m'a été livrée ce matin. J'ai poussé un cri d'admiration en écartant la paille qui l'enveloppait. Edmond, qui ne partage pas ma fascination pour Marie-Madeleine, s'est étonné de mon transport:

«Voyons, Clara, ce n'est qu'un bibelot.»

Un bibelot! Franchement. C'est la tare des hommes de science, j'imagine, de ne comprendre que ce qu'ils étudient, et mon mari ne démontre d'entendement que pour les champignons.

«C'est une statuette en quartz représentant Marie-Madeleine, s'il faut tout te dire.

— En quartz? Cette statuette? Dis plutôt en verre! Et pas en très bon état, avec ça.»

Comme vous voyez, Edmond inventerait n'importe quoi pour gâcher mon plaisir. Il est vrai que le quartz est un peu abîmé mais, de toute façon, une statue n'est belle qu'ébréchée. Chose certaine, celle-ci est d'une prodigieuse beauté — trop prodigieuse, en fait, pour être l'œuvre de Théodore Rakham. Je n'ai jamais partagé la vénération que tout le monde voue à notre artiste local, dont la manière trop réaliste ne laisse jamais oublier, à mon sens, qu'il fut autrefois mouleur au Musée de cire. Comment expliquer que sa main médiocre ait soudain engendré quelque chose d'aussi sublime? Ce n'est d'ailleurs là qu'un des mystères de cette statuette, dont le visage est une énigme en soi. Ses traits, qui rappellent ceux de l'Éphèbe de Kritios, ne sont ni féminins ni masculins; il s'en dégage autant de sensualité que de pudeur, d'innocence que de perversion. J'espère qu'elle ne vous a pas coûté trop cher. Croyez-vous que je l'abîmerais si je la lavais un peu? De la crasse s'est accumulée dans ses orbites creuses.

Depuis notre retour ici, nous avons eu des jours radieux, des jours de lecture au coin du feu, des jours indécis fouettés par les nuages. Comme le temps, la mer est sans cesse mouvante, jamais la même, parfois d'un éclat mercuriel, parfois d'une matité de plomb. Elle régurgite sur le rivage des algues brunes dont les vésicules éclatent sous nos pas, des coquilles de moules, des cailloux qui perdent leur transparence d'agate au soleil.

Le vent qui ratisse nos Provinces atlantiques le fait ici avec une telle vigueur que les arbres ont peine à pousser. Il n'y en a qu'une dizaine dans le champ marécageux qui nous sépare de la plage, tordus et recroquevillés du même côté. Quand le soleil se couche, ils prennent l'apparence d'animaux dressés sur leurs pattes postérieures et semblent foncer à toute vitesse sur la maison. Certains soirs, une brume opaque s'élève du sol humide et l'effet est encore plus saisissant.

Il serait difficile de se lasser du paysage, même si nous devions rester encore ici longtemps — ce que je ne souhaite assurément pas. La maison que nous a louée le capitaine Ryder est bien trop isolée. À propos de ce grand explorateur, nous n'avons toujours aucune nouvelle de lui. On dirait qu'il est parti pour l'Arctique depuis une éternité. Il avait l'intention d'hiverner au nord de la terre d'Ellesmere, de progresser vers le pôle dès la fonte des glaces et de rentrer au pays durant l'été, mais a-t-il seulement survécu à la nuit polaire ? J'attends son retour avec impatience, parce que nous devrons alors lui rendre la maison et Edmond n'aura d'autre choix que de me ramener en ville.

Nous avons engagé une veuve du voisinage qui vient tous les jours s'occuper du ménage et des repas. Elle se fait appeler madame la Maréchale, bien que son mari n'ait jamais été officier de cavalerie — il était maréchal-ferrant. Elle est vieille et fragile, légèrement bossue ; la cornée de son œil droit est presque blanche. C'est une fort mauvaise cuisinière, tout juste bonne à apprêter les conserves qu'Edmond achète par correspondance. Vous ne pourriez croire les autres inutilités qu'il commande par le *Guide de l'acheteur T. Eaton & Co* : hier seulement, il a reçu un épépine-raisins, un gril pour les huîtres, un tamis à cendres et un plectra-phone (un mécanisme qui peut faire sonner un piano comme une mandoline, une cithare ou un banjo). Sur la table de travail, ce catalogue a remplacé les répertoires de champignons, et Edmond reste des heures penché sur les dizaines de milliers d'articles qui y sont présentés : tordeurs, planches à laver, crachoirs, cornets auditifs, fers à moustaches, ceintures soutien-utérus... Que d'objets, que d'objets ! Classés par familles, offerts en toutes couleurs et en toutes tailles. Notre époque est en train de produire un nombre faramineux d'articles parfaitement inutiles à notre survie pour satisfaire des types comme Edmond qui démontrent une soif insatiable envers n'importe quelle nouveauté. Rien de plus important que les babioles. On voit bien que ce n'est pas lui qui époussette.

Du reste, je ne sais pas pourquoi je me plains : ce n'est pas moi qui époussette non plus. En fait, je n'ai aucun souci domestique — cure de sommeil oblige. Mes seules tâches sont de dormir environ quinze heures par jour, de prendre des bains glacés et de manger de la viande saignante. Edmond est persuadé que cette cure viendra à bout de ma condition nerveuse. J'ai beau l'assurer que l'activité me ferait le plus grand bien, il refuse catégoriquement de me laisser travailler. Comme vous pouvez le deviner, ma santé reste une de ses grandes sources d'inquiétude. Il me trouve encore surexcitée, me fait souvent remarquer que mes éclats de rire sont incontrôlés et mes sursauts d'enthousiasme, déplacés. Il s'offense lorsque je dégrafe le col de ma robe, mais est-ce ma faute si je ne supporte rien autour du cou ? À la moindre contrainte, ma respiration devient irrégulière et je dois alors rattraper mon souffle par des soupirs pénibles.

«Égalité d'humeur, voilà le secret du bonheur», me répète constamment Edmond. Pour lui faire plaisir, je tâche donc de lui être obéissante, de manger tout ce qu'il met dans mon assiette, de prendre mon bromure de potassium quatre fois par jour, et de me restreindre à une seule heure d'exercice — généralement une courte promenade sur la plage ou un peu de jardinage, mais sans bêchage ni sarclage. Les plates-bandes que j'essaie de cultiver ici sont par conséquent un vrai désastre. Étouffées par le plantain, les graines de pensées, de phlox et de pois de senteur que j'ai semées n'ont pas daigné montrer le moindre petit germe, les rosiers «Clotilde Soupert» sont ravagés par le thrips, les groseilliers ruissellent de jus de limaces; la pelouse, desséchée par le vent, est piquante comme du foin. Non, vraiment, il n'y a pas de quoi être fière de ce jardin-là. C'est à croire que la nature ne veut pas qu'on lui donne un coup de main. J'ai plus de chance à l'intérieur, où je cultive des plantes-baromètres dont les feuilles prédisent apparemment la température trois jours à l'avance (je n'ai pas pris la peine de vérifier). Je vous en enverrai quelques graines. Ça pousse très vite.

Mes journées sont assez vides, j'en conviens, mais le moindre effort m'épuise. Je n'ai d'énergie que pour lire mon cher Thomas Browne, et encore. Après quelques pages, je sens mes paupières s'alourdir, mes membres s'engourdir, et je dois regagner ma chambre, où je sombre immédiatement dans un profond sommeil. J'ai peur qu'après mes huit mois à la clinique du docteur Clavel et cette cure de sommeil, je ne puisse plus jamais me sortir de cette léthargie. L'idée d'affronter les rumeurs de la ville, le bruit des voitures et des foules commence même à m'effrayer.

Comptez-vous toujours passer le mois d'août à Oyster Bay ? Si oui, j'espère qu'Edmond acceptera que nous allions vous rejoindre. Après tout, je me reposerais autant chez vous qu'ici. J'ai hâte de vous revoir. Si vous saviez comme je m'ennuie.

CLARA

Hortense Beaumont à Clara Weiss

New Raven, mercredi 5 juin 1895

Chère Poucette,

Il est bien fâcheux que tu sois exilée au bout du monde précisément comme débute la saison — qui ne s'annonce pas particulièrement brillante, si cela peut te consoler. Notre petite ville est dépeuplée. Thomas Rostock est parti vivre dans une caverne au Cachemire, madame Sandborne est en visite chez sa petite-fille Elizabeth, le docteur Ormond et ses sœurs ne reviendront de Glace Bay qu'à la fin de l'été.

J'ai attrapé l'influenza, n'est-ce pas ennuyeux ? Je t'écris du bureau d'Irène, avec sa plume (qui est exécrable). Ta sœur dort encore ; je crois bien qu'elle n'est pas rentrée avant le petit jour. Nous étions hier à une soirée musicale chez les Remington, qui sont trop avares pour recevoir à souper. À huit heures, tout ce que New Raven compte de jeunes élégantes arpentaient déjà les tapis du salon, chatoyantes en soie réséda et gorge-de-pigeon, mais vite éclipsées lorsque Irène fit son entrée vêtue d'une robe d'hyacinthe épinglée de véritables abeilles. Devant la cheminée Renaissance, monsieur Remington, un peu raide dans son plastron empesé, saupoudrait (sciemment, j'en mettrais ma main au feu) des flocons de cigare sur les bottines du vieux colonel Sandborne, qui lui reprochait pour la cent vingtième fois le piteux état de son tunnel. Notre hôtesse m'a présenté le protégé de son fils Cosmo, Joachim quelque chose, à qui elle donne des leçons d'harmonica de verre sans lui demander un sou. Elle prétend que c'est un garçon assez exceptionnel, fils d'un étameur de chaudrons, mais bon... Il a à peine quinze ans, les yeux pommelés, le sourire morose des adolescents qui prennent tout au sérieux, et un faible pour le punch flambé. De but en blanc, il m'a confié qu'il était affligé, depuis quelque temps, de violents maux de tête. Il a consulté le docteur Clavel, qui a diagnostiqué un échauffement grave du cerveau. Ses moyens ne lui auraient jamais permis de s'offrir les services de notre grand spécialiste en maladies nerveuses, mais son cher «Semblable» (c'est ainsi qu'il appelle Cosmo) a offert de le défrayer, ce qui est d'une extrême générosité. Il m'a invitée à danser une mazurka au salon :

«Ma maladie me fait perdre l'équilibre mais, n'ayez crainte, je ne vous entraînerai pas dans ma chute.»

J'ai refusé, bien entendu. Je déteste la mazurka. Une valse, c'est différent.

J'ai été accaparée un long moment par notre mairesse et son dévoué époux. Pour la cinquième fois en autant de jours, elle m'a décrit en détail la résidence qu'ils sont en train de se faire construire, et lui se lamentait parce que les trente mille dollars qu'il a hérités de son oncle sont en train d'y passer. Heureusement, j'ai été délivrée de ces importuns par Cosmo, à qui l'on vient d'offrir la chronique féminine du *Globe* — chronique qu'il tiendra sous le pseudonyme de Mademoiselle Boudoir. Il m'a fait remarquer, à l'autre bout de la pièce, un jeune officier vêtu d'un dolman bleu à brandebourgs dorés qui tournait autour d'Irène depuis le début de la soirée. D'après lui, ce cavalier du 8e Régiment de hussards de la princesse Louise aurait mis la fille d'une de nos meilleures familles dans l'embarras. Qui? Il ne l'a pas précisé et je n'allais tout de même pas le demander. Il m'a avoué que lui-même préférait la poésie aux femmes (il passe ses dimanches à lire Wilde et le baron Corvo), bien qu'il ait trouvé en ta sœur Irène une amie extraordinaire, hors du commun tout à fait. Il aurait d'ailleurs voulu qu'elle vienne se joindre à nous mais, crois-le ou non, elle avait déjà filé à l'anglaise avec le hussard, et il n'était pas encore neuf heures!

Nous avons été interrompus par Joachim, carrément pompette, venu nous annoncer que madame Remington allait nous interpréter une composition de Naumann. Assise derrière son instrument, la musicienne attendait que l'on fasse silence. Au premier tintement des cloches de verre, un frémissement admiratif a parcouru l'assemblée tant cette musique cristalline était féerique, irréelle. Madame Remington faisait des gestes étonnants, la tête rentrée dans les épaules. Son interprétation excessive révélait l'essence de sa nature. Elle émettait de temps en temps un petit claquement de langue pour signaler à son pupille qu'il était temps de tourner la page de la partition, mais Joachim, le nez en l'air, ne l'entendait pas. Madame la mairesse s'est penchée par-dessus moi pour demander à Cosmo:

«Ce Naumann, compose-t-il encore?

— Non, madame, a répondu Cosmo. Il décompose.»

Pendant que les notes s'égrenaient, j'essayais d'être attentive au déploiement de la mélodie mais mon esprit, magnétisé par les harmoniques du verre, s'égarait. Je songeais aux gens que j'inviterais à dîner jeudi, à un collier d'ambre que j'ai perdu il y a quelques années, à l'incendie d'une mine de houille qui a fait cinq cent cinquante morts en Haute-Silésie la semaine dernière. Soudain, une rumeur m'a réveillée de mon engourdissement. Brouhaha général, exclamations, rires, sanglots, évanouissements... Il paraît que ce foutu Joachim avait baissé sa braguette et s'était soulagé dans une des cloches de l'harmonica. Je ne l'ai pas vu (la peste soit de ma distraction), mais on me l'a assuré. Pauvre garçon! Il a le cerveau plus échauffé qu'il ne pense.

Je compte partir pour Oyster Bay vers la fin juillet, est-ce que je te l'ai dit? D'ici là, suis bien ta cure, pour que nous retrouvions la Clara que nous aimons tant. Et puis tâche d'être plus indulgente envers ce cher Edmond, qui consacre sa vie à essayer de faire ton bonheur. Tu es comme trop d'épouses, Poucette : exigeante, jamais satisfaite. Si tu ne te résignes pas, comme tu seras malheureuse!

Cette lettre pourrait être plus longue, mais je manque d'encre et mon écriture disparaît peu à peu. D'ailleurs n'est-elle pas illisible? Conseille-moi un bon livre, je suis fatiguée de lire l'*Histoire des papes*.

Ta tante affectueuse,

HORTENSE

Journal de Clara Weiss

Jeudi 6 juin

Un rêve. Au bord d'un lac, je rencontre un couple près d'un muret. L'homme frappe sur une pierre, d'où jaillit un serpent qui, en touchant au lierre, le fait grandir. La femme ne cesse de répéter que tout cela est extrêmement dangereux. L'homme prononce une formule magique à cinq chiffres et la pierre se referme sur le serpent. La femme dit : « Il ne faudrait surtout pas oublier la formule. » Elle me demande de descendre sous la pierre, où je découvrirai un secret. Je refuse, parce que c'est défendu.

J'ai placé ma statuette sur la table de chevet, où je peux l'examiner à loisir. Comme la plupart des représentations de Marie-Madeleine, elle tient contre sa poitrine l'*alabastron*, l'urne d'albâtre remplie de baume épicé qui devait servir à conserver la dépouille du Christ. L'entaille de son cou semble s'être allongée depuis lundi — ou l'avais-je mal examinée ? Je n'aurais peut-être pas dû lui donner un bain. D'ailleurs, ça n'a servi à rien. Ses orbites sont restées noires comme du charbon. Parfois je jurerais qu'au fond, il y a deux yeux qui m'observent, pleins de commisération.

Cette présence spirituelle que possède ma statuette vient sûrement de l'impénétrable perfection de la matière dans laquelle elle a été taillée. Le quartz est une pierre froide, inaltérable, imputrescible. Les anciens Grecs le désignaient par le même mot que la glace : *krustallos*. Pour eux, le cristal de roche était de la glace pétrifiée par les gorgones du temps, si bien qu'elle ne pouvait plus fondre. J'imagine qu'un royaume de glace comme le pôle Nord, où ne survit aucune bactérie, doit être comme ma statuette : immaculé et inodore.

Ce qui n'est pas le cas de cette maison. Pas un rebord de fenêtre qui ne soit encombré de champignons séchant sur des grillages ou des papiers buvards, leurs volves rabougris, leurs lamelles noircies. Avant de connaître Edmond, je croyais que les champignons avaient tous la même odeur fade. Pas du tout. Ils exhalent une grande variété d'effluences qui sont fort utiles pour leur taxinomie. Bien que la fragrance la plus commune soit celle de la farine, certaines variétés sentent la poire, le pain d'épice, le camphre, le café torréfié, l'amande amère ou la pomme de terre crue. Beaucoup de champignons sont également fétides, ce qui faisait dire à Diderot qu'ils sont bons à retourner sur le tas de fumier d'où ils viennent, et ce sont malheureusement ceux-là qui intéressent Edmond : la collybie butyracée qui empeste le beurre rance, les inocybes nauséabonds, le marasme alliacé, et d'autres encore qui infectent la maison de leurs relents de corne brûlée, d'eau croupie, de gaz d'éclairage.

Les hommes sont comme les champignons. Certains embaument le foin d'odeur, la neige ou le cèdre. D'autres ne sentent presque rien. Dans *De Odoribus*, Théophraste affirme que la peau d'Alexandre le Grand exhalait un parfum si aérien qu'elle purifiait jusqu'aux vêtements qu'il portait. La relique du saint prépuce avait la même réputation. Il est malheureux qu'Edmond ne puisse être comme cela. Son odeur à lui est doucereuse et fade, cadavérique même, non loin de celle du champignon appelé *Phallus impudicus*. Il a beau passer des heures à faire sa toilette, il continue à sentir le sépulcre blanchi. Or voilà, je n'y peux rien, j'en suis incommodée. D'autant plus que cette odeur est galvanisée dès que l'air est un peu humide. Elle traverse les murs. La nuit, elle est si envahissante qu'elle me prend à la gorge.

En bas, une porte a claqué. Edmond vient d'entrer dans la salle de bains. Il y restera une éternité, comme tous les matins, à se cirer les moustaches, à bomber le torse devant le miroir comme à l'université devant ses étudiants. Puis il s'immergera dans son bain. Je n'ai droit qu'aux bains glacés, mais lui prend les siens brûlants ; les vapeurs qui s'en dégagent s'infiltrent dans les fissures du plâtre où elles laissent des taches de moisissure d'un noir olivâtre. Je me rappelle mon ahurissement quand Edmond m'a annoncé solennellement que nous louerions cette maison à condition que la plomberie soit d'abord inspectée. La plomberie ! Comment peut-on être aussi vulgaire ?

Tout à l'heure, il hurlera mon nom et je devrai descendre docilement le rejoindre. J'entrerai dans la moiteur de serre chaude de la salle de bains au moment où il sortira de l'eau. La poitrine opprimée par tant d'humidité, je lui tendrai une des grandes serviettes de damas blanc. Il hochera la tête :

« Fais-moi plaisir, mon petit écureuil. Pas avec la serviette. »

Je ferai semblant de ne pas comprendre, et il dénouera mes tresses. Avec mes cheveux, il essuiera d'abord son visage. Il se tournera pour que je lui frictionne le dos, puis la poitrine, et mes mèches se mêleront à ses poils grisonnants. Il lèvera les bras et je devrai sécher ses aisselles. Il me forcera à m'agenouiller devant lui ; j'enroulerai ma chevelure autour de ses cuisses trapues, et brosserai ses genoux cagneux. Il faudra encore que j'éponge ses bourses ignoblement velues, et les veines bleues gonflées de son sexe, et le méat légèrement baveux. Cela ballottera devant mes yeux pendant que j'entendrai Edmond soupirer d'aise. Et il souillera mes cheveux, qui resteront poisseux et enchevêtrés, et je devrai les tremper dans du vinaigre lustral pour décaper l'écœurante odeur qui s'y sera imprégnée.

Asperges me hyssopo... Asperge-moi d'hysope, mon Dieu, et je deviendrai plus blanche que neige.

Irène Beaumont à Clara Weiss

New Raven, le vendredi 7 juin

Chère sœur,

Comment va notre grande malade? Et ton pauvre mari? Toujours à ton chevet? Pendant que tu dors, la vie ici suit son cours, figure-toi. La mienne, du moins. L'autre après-midi, j'avais rendez-vous avec Cosmo Remington qui voulait me montrer les précieux médaillons dont il fait collection. Quand je suis arrivée chez lui vers les quatre heures, tous les rideaux de la maison étaient tirés. Madame Remington, ce dragon qui craint que j'aie des vues sur son fils bien-aimé, est venue elle-même m'ouvrir. On entendait des tintinnabulements qui venaient du salon.

«Cosmo fait répéter à Joachim sa leçon d'harmonica.»

Belle répétition en vérité! Le drôle était en train de s'exécuter torse nu, pendant que Cosmo battait la mesure en le pinçant. Ils se sont levés d'un bond dès

28

qu'ils m'ont vue, les joues en feu. Madame Remington, après m'avoir adressé un regard victorieux, est allée refermer la partition en disant :

« Allons, les garçons. C'est assez pour aujourd'hui. »

Cosmo a décidé que nous irions tous nous promener sur les remparts de l'île aux Ormes. Il a drapé sa veste sur les épaules de Joachim et est monté avec lui pour l'aider à se changer. Je les ai attendus dans le hall sous la surveillance de madame Remington, répondant distraitement à ses questions inquisitrices. Je ne pouvais m'ôter de la tête l'image des doigts de Cosmo se crispant sur les chairs irritées de Joachim. Pardonne-moi si je te choque, ma pauvre chérie.

Cosmo n'est redescendu qu'une demi-heure plus tard, seul. Joachim ne viendrait pas avec nous, il avait mal à la tête. Comme il était maintenant trop tard pour nous rendre à l'île aux Ormes, nous sommes allés dîner à l'hôtel Empire. Nous y avons rencontré le vieux colonel Sandborne, attablé tout seul devant une douzaine d'escargots. Cosmo lui a demandé :

« Ça ne vous ennuie pas d'être treize à table ? »

Le colonel l'a traité de malotru.

« Laissez faire les calembredaines, jeune homme, et parlez plutôt à votre père. Si le tunnel de son chemin de fer n'est pas bientôt réparé, il s'écroulera, c'est moi qui vous le dis ! »

Nous sommes rentrés tôt parce que Cosmo s'est brusquement rappelé qu'il devait rédiger sa chronique.

N'est-ce pas là une aventure plaisante, et préférable à l'insupportable tranquillité de ta campagne ? Ne t'ennuie pas trop de moi, pauvre chérie.

Ta sœur adorée,
I.

P.-S. La première chronique de Cosmo est parue dans le journal de ce matin. Je t'en envoie un exemplaire. Elle ne trouvera sûrement pas grâce à tes yeux. Moi, elle m'a beaucoup amusée.

L'étiquette en train
par Mademoiselle Boudoir

À l'approche du grand exode estival, une lectrice qui passera ses vacances à Oyster Bay m'écrit pour savoir comment une dame bien élevée doit se comporter dans un train bondé. Et elle signe : « Passagère perplexe ». Eh bien ! sachez qu'il existe des règles élémentaires de bienséance, même dans un lieu aussi peu propice aux civilités qu'un train.

Tout d'abord, madame, choisissez de préférence un jour d'orage pour voyager. Je ne peux faire valoir à quel point une dame et un parapluie ruisselant forment une heureuse combinaison dans une gare bondée, surtout si ce parapluie est tenu à l'horizontale, à la manière d'une baïonnette.

Pour vous assurer d'être la dernière passagère à monter dans le train, attendez le moment où le chef de gare agitera son drapeau pour sortir sur la plate-forme. Dirigez-vous posément vers le marchepied, en prenant tout votre temps et en souriant placidement au chef de train qui vous regardera avec impatience. Hésitez quelques instants, comme si vous alliez changer d'idée, puis faites votre grande entrée dans le wagon. Ne manquez pas de promener un œil critique sur tous les passagers, qui seront sûrement flattés d'être ainsi dévisagés par une dame de qualité, et avancez vers votre place en écrasant le plus grand nombre de pieds en chemin. Vous aurez bien sûr pris soin d'apporter des cartons à chapeau, que vous laisserez choir derrière vous. Cela vous rendra pathétique et intéressante, et les passagers qui les ramasseront vous seront reconnaissants d'avoir l'occasion de prouver leur galanterie.

Lorsque le receveur s'arrêtera devant vous, ignorez-le jusqu'à ce qu'il vous demande de payer votre passage. À ce moment seulement, commencez à fouiller dans votre sac à la recherche de votre billet. Prenez tout votre temps. Cela permettra au receveur de se reposer en vous attendant.

En ce qui concerne la conversation en train, une règle d'or est à observer : la redite. À tout instant, demandez aux autres passagers si vous êtes arrivée à destination. Quand viendra le moment de descendre, vous serez gratifiée d'une aimable récompense : tout le monde, en chœur, vous le fera savoir avec un soupir de soulagement.

Livre de bord d'Ian Ryder,
capitaine du Nivalis

Cap Sheridan, 6 juin 1895
Lat. 82° 31′ N., long. 62° 19′ W., temp. −8°

Trois heures du matin. Je me tourne et me retourne sur ma couchette, les yeux grands ouverts. Impossible de trouver le sommeil avec le soleil qui brille maintenant nuit et jour. Pourquoi d'ailleurs m'obstiner à maintenir un rythme de vie si peu adapté aux réalités de ces latitudes ?

Je donnerais n'importe quoi pour m'assoupir enfin. Je cesserais ainsi d'entendre ce qui trouble les nuits de mon navire — les pas qui vont et viennent entre les cabines, les portes qui grincent et claquent, les grognements des hommes qui s'élèvent puis s'apaisent. Nombreux sont ceux qui, au terme de cet hivernage, ne peuvent plus supporter l'ascétisme de notre vie, et je soupçonne Percy, le garçon de cabine, de leur vendre ses services. Neuf mois d'oisiveté et de promiscuité carcérale ont entraîné un relâchement que la peur, le froid et l'isolement sont venus exacerber. Je devrais sévir, imposer des sanctions. Mes relations avec l'équipage sont déjà si tendues que le moindre acte d'autorité pourrait soulever la révolte.

La fatigue risque d'obscurcir mon jugement déjà compromis par les hallucinations, fréquentes dans ce royaume des apparences. Les cristaux de glace qui emplissent l'atmosphère agissent comme des millions de miroirs déformants, fragmentant le soleil dès qu'il approche de l'horizon, l'ornant de halos et de pointes bizarres. Dans le ciel apparaissent soudain des parhélies, des roues de lumière chimériques, d'étonnants mirages. J'ai vu une falaise s'évanouir sans laisser de traces, un iceberg se détacher de la surface de l'eau et rester suspendu en l'air, un mât onduler comme un criss. Hier, sur le pont, j'ai entendu une longue plainte mélodieuse ; j'ai cru un instant qu'il s'agissait de la voix de Clara Beaumont. Mais ce n'était que la vibration erratique de mon propre souffle dans l'air froid.

Pour ne pas perdre le nord, je m'occupe l'esprit en sculptant des flocons de neige dans des cristaux de quartz. Dans ma chambre, à Blackpool, j'ai laissé un peigne en rohart sur lequel j'avais gravé un message. Clara Beaumont a-t-elle compris qu'il lui était destiné?

Clara Weiss à Hortense Beaumont

Blackpool, samedi 8 juin

Chère tante,

Je viens de lire, dans la correspondance de Beethoven: «Jamais personne n'aimera la nature autant que moi.» Ne trouvez-vous pas que c'est bien vaniteux de sa part? Je suis persuadée que j'aime la nature tout autant, sinon plus que lui. Mais je ne vous écris pas pour vous entretenir de Beethoven, ni de la nature, du reste. Votre dernière lettre m'a rendue un peu nostalgique. Des soirées musicales surtout. Dans le journal, on annonce que *Samson et Dalila* sera bientôt donné au Metropolitan. Vous ne pouvez savoir combien j'aimerais aller entendre Eugenia Mantelli chanter «Réponds à ma détresse». Francesco Tamagno, qui incarnera Samson, est un grand ténor *di forza* qui, dit-on, attaque certaines arias un demi-ton plus haut pour faire valoir son aisance dans les aigus. Un autre vaniteux, si vous voulez mon avis.

Edmond est comme cela parfois — *ventosissimus*. Il dirige la conversation, sans que cela paraisse, vers des sujets où il pourra mentionner subrepticement qu'il a dirigé en 1874 une équipe pour aller observer le transit de Vénus, qu'il a tenu la chaire de sciences naturelles à l'université d'Édimbourg, qu'il a publié une monographie sur la rhubarbe encore citée comme un modèle de concision, et qu'il est considéré comme une des grandes autorités en mycologie. La confiance absolue d'Edmond le rend condescendant à l'égard des autres, particulièrement à l'égard du capitaine Ryder.

«Ryder est un homme d'un grand courage, dit-il, mais d'une égale crédulité. Il a le cerveau contaminé par les superstitions maçonniques, comme tous les membres de l'*Explorer's Club*. Il essaie de rejoindre le pôle en bateau, mais devra se rendre à l'évidence que l'Arctique est un continent, pas un océan.»

Comment Edmond peut-il prétendre en savoir plus sur le Grand Nord que le capitaine, qui en est à sa troisième expédition là-bas? Il faut dire que, sur les cartes géographiques, la blanche virginité des terres boréales, qui sont parmi les derniers territoires inexplorés de la planète, donne libre cours à toutes les fabulations. Le pôle n'est-il qu'un désert de glace, ou ce qu'ont imaginé les écrivains: la bouche d'un vaste gouffre traversant le globe de part en part, une contrée souterraine peuplée d'êtres au teint doré, une oasis lumineuse où les paroles gèlent en plein air et ne sont audibles que lorsqu'elles fondent au printemps? S'agit-il du royaume d'Hyperborée décrit par Pline, où le soleil ne se lève et ne se couche qu'une fois par an; où les falaises aux formes féminines détruisent les bateaux; où les nuages sont formés de papillons et les forêts abritent des troupeaux de licornes; où les habitants vivent plus de mille ans?

Ces jours-ci, je pense constamment au capitaine. Cela n'a rien de surprenant: je vis pratiquement cloîtrée dans sa chambre, je dors dans son lit, et le lit de quelqu'un peut être tellement suggestif... La première chose que j'aperçois en m'éveillant, c'est le plafond bleu nuit, piqué de sept étoiles d'or formant la constellation d'*Ursa minor*: Gamma, Delta, Epsilon, Zeta, Eta,

Kockab et, tout au bout, Polaris. Puis les quatre immenses cornes de narval qui dominent le lit à chaque angle, comme les cornes de licornes mariales qui encadraient le reposoir de l'électeur de Saxe. Devant la fenêtre, il y a une longue-vue, une sphère armillaire et, dans un petit cabinet, des pointes de harpon, un éclat de météorite, des griffes d'ours polaire, des harnais en cuir de phoque. Sur la cheminée, des livres reliés en chagrin céladon bordés de grébiches d'argent aux titres énigmatiques : *Mysterium cosmographicum, De Magnete borealis, Cymbalum mundi...* Mais sans contredit, mon objet préféré est un petit peigne en ivoire taillé à la main, où sont gravés les mots : *Clarissima in cælo.* Je m'en sers souvent pour démêler mes cheveux.

Je me rappelle le jour où j'ai rencontré Ian Ryder. C'était à Oyster Bay, la veille de mon mariage. Il était venu à l'hôtel Hibernia pour remettre à Edmond les clefs de la maison et nous avions pris le thé dans les jardins. Son uniforme, son attitude, sa haute stature l'imposaient d'autorité. Ses yeux d'un bleu perçant semblaient taillés dans un glacier et clignaient continuellement comme s'ils étaient éblouis par les neiges : on aurait dit que son esprit était resté là-bas, sur la banquise. De cet après-midi, j'ai conservé le souvenir du capitaine happant une guêpe qui s'était approchée de mon cou. Il l'a gardée dans sa main un moment, puis l'a relâchée. Si l'insecte l'a piqué, il n'en a rien laissé paraître. Moi, j'ai déjà été piquée par une guêpe. C'est très douloureux.

Edmond dit que si le capitaine tarde à revenir du Nord, c'est qu'il ne peut s'arracher aux bras de ses maîtresses esquimaudes. J'espère bien que ces Esquimaudes ne le retiendront pas éternellement. Parce que

Edmond voudra alors que nous prolongions notre séjour ici, et cela ne me conviendrait pas du tout.

J'ai glissé dans l'enveloppe les graines de plantes-baromètres que je vous avais promises. Je n'ai pas encore compris comment y lire la température, mais si jamais vous décryptez leur code, faites-le-moi savoir. Dans mon exil, je reçois vos lettres comme des bienfaits. Répondez vite.

CLARA

Journal de Clara Weiss

Lundi 10 juin

Un mauvais rêve. Un ongle incarné m'a déchiré toute la plante du pied dans le sens de la longueur. Je referme tant bien que mal les lèvres de la plaie, d'où suinte une huile vermillon très épaisse. La blessure se cicatrise lentement. Je suis affligée parce qu'elle laissera des marques visibles.

Une autre nuit perturbée par les infructueuses tentatives d'intrusion d'Edmond. Une autre nuit d'asphyxie, où j'ai eu l'impression que ma chambre avait été vidée de tout oxygène, et que j'étais prise dans un vacuum. Le matin est arrivé, dispersant les scories de mes cauchemars, pour ne m'apporter finalement que de nouveaux tourments.

Ce matin, j'ai surpris Edmond à lire mon journal. Repoussé par mon corps, voilà qu'il tente de s'immiscer dans mes pensées. Cela m'est égal. Ces pages sont une ruche de mensonges, d'erreurs et de dissimulations.

Toujours je me mens à moi-même, toute confession m'est impossible et, si l'on veut découvrir la vérité sur moi, ce n'est surtout pas à travers ces pages qu'il faut la chercher. Comme dans *Le Globe*, la date est la seule information digne de foi.

Au retour de ma promenade, Edmond m'a fait venir dans son bureau. J'étais loin de me douter de ce qui m'attendait.

«Te voilà enfin, mon petit écureuil. Écoute ceci: *C'est un jardin fermé que ma fiancée...*

— ... *une source close, une fontaine scellée*. Un vers du *Cantique*.

— Exactement. J'ai beaucoup réfléchi à toi ces derniers temps, et j'en suis venu à la conclusion que nos rapports ne pouvaient plus se réduire à un pénible colletage. Il est anormal que tu ne puisses mieux remplir ton rôle d'épouse. Mais je crois avoir trouvé la solution. Voilà. J'ai commandé ceci pour toi.»

Il m'a tendu un colis qui venait de chez Eaton. J'ai extrait de la boîte un tube en métal, dont le diamètre pouvait être élargi grâce à deux valves mobiles fixées à un manche en érable.

«Pour l'amour du ciel, qu'est-ce encore que cela?

— Tu ne devines pas? C'est un speculum vétérinaire; on s'en sert pour examiner les vaches.»

Speculum matricis: le miroir de l'intime, l'explorateur des cavités féminines.

«Nous lançons-nous dans l'élevage?

— Tu ne m'as pas compris, Clara. Ce speculum, je l'ai acheté pour toi. Pour te dilater.»

Je l'ai regardé, incrédule. C'était trop grotesque.

«Ne prends pas cet air apeuré: tu n'as rien à craindre. Tu n'auras qu'à porter le speculum une petite heure par jour, tout au plus. Tu ne sentiras pratiquement rien. Fais ce sacrifice pour moi, qui ne t'ai jamais rien demandé. »

Comme Sherlock Holmes a raison : dans les maisons isolées, les actes les plus vils et les plus cruels peuvent être commis dans le secret et l'impunité. Jamais je n'ai subi un traitement aussi humiliant, sans parler de la douleur qui m'a déchiré les entrailles quand Edmond a essayé d'introduire le speculum. Cela m'est égal. Je sais souffrir. Plus je me laisserai faire, plus Edmond s'acharnera sur moi avec de nouveaux supplices. Éventuellement, il ira trop loin et il sera lui-même horrifié par sa conduite. Alors il se repentira et se précipitera à mes pieds pour implorer mon pardon. Ce jour-là, je tiendrai ma revanche.

Hortense Beaumont à Clara Weiss

New Raven, mardi 11 juin 1895

Chère Poucette,

Comment trouves-tu cette encre violette ? C'est une nouveauté que m'a offerte Irène. Je ne suis pas dupe de cet élan de générosité. Ta sœur essaie par tous les moyens de m'amadouer pour se faire pardonner ses petites escapades. (Depuis avant-hier, c'est sur Thomas Rostock qu'elle a jeté son dévolu, pauvre naïf.) J'imagine qu'il faut bien que jeunesse se passe, mais je ne peux m'empêcher de m'inquiéter pour Irène.

Quant à toi, ma chère enfant, ta dernière lettre m'a laissée perplexe. Est-il bien prudent de te laisser aller à ces rêveries au sujet du capitaine Ryder ? Quelle idée, aussi, de coucher dans son lit! Bon, le capitaine n'est pas là physiquement, mais tout de même...

C'est une curieuse coïncidence que tu mentionnes le royaume d'Hyperborée dans ta lettre. Je suis justement plongée dans *La doctrine secrète* de madame Blavatsky, où l'auteur établit hors de tout doute que nous avons été précédés sur Terre par les Hyperboréens; ces êtres supérieurs vivaient au pôle Nord, sur un plan spirituel si élevé qu'ils se reproduisaient tout bonnement par blastogénèse. (Ne me demande pas ce que cela veut dire, j'avoue ne pas avoir très bien compris cette partie-là du livre.) Sûrement notre monde est plein de mystères qui ne demandent qu'à être percés par des esprits ouverts. La preuve, c'est que je me suis découvert un nouveau don. Du reste, peut-être l'ai-je toujours eu sans m'en rendre compte... De toute façon, voici comment il m'a été révélé.

Dimanche après-midi, il faisait un temps radieux et je suis allée me promener à l'île aux Ormes. Toute notre petite ville avait eu la même idée que moi et j'ai dû attendre une demi-heure avant de pouvoir traverser. En descendant du débarcadère, j'ai aperçu, sur la berge, le jeune Joachim (dont le patronyme continue à m'échapper) et Irène, qui étrennait une robe fort seyante, à rayures gros bleu. Tous deux étaient pâmés de rire en regardant Cosmo Remington gesticuler comme un fou, debout dans une barque au beau milieu de la rivière. En m'apercevant, Joachim s'est arrêté net, visiblement gêné par ma présence. (Moi aussi je serais gênée de reparaître en public après avoir endommagé un harmonica.)

De sa barque, Cosmo criait de plus belle. Que faisait-il là, au fait? Eh bien! il s'était mis en tête de prouver que le fer contenu dans notre sang possède les mêmes propriétés magnétiques que l'aiguille d'une boussole. Il s'était donc étendu au fond d'une mauvaise barque et avait largué les amarres; il espérait que la proue, entraînée par son corps, s'orienterait naturellement vers le nord. Mais voilà que la barque s'était mise à tourner dans tous les azimuts et à s'éloigner de plus en plus du rivage. Cosmo, ce jeune étourdi, avait oublié de se munir d'avirons! Irène trouvait qu'il méritait une bonne leçon et aurait bien voulu le laisser dériver tout l'après-midi. Elle a vivement protesté lorsque Joachim, pris de pitié, a emprunté un canot pour aller à sa rescousse.

« Madame Beaumont! Mademoiselle Irène! »

Qui nous appelait ainsi? C'était Thomas Rostock, qui venait tout juste de rentrer du Cachemire. Il nous a raconté comment il aurait vécu un mois dans une caverne sacrée, vêtu seulement d'écorce de bouleau. Un phénomène naturel se produit tous les ans au fond de cette caverne: l'eau de fonte du glacier qui descend vers la vallée s'infiltre par les fissures dans le roc et s'écoule goutte à goutte sur le sol; la température dans la caverne est si froide, nous a-t-il dit, que l'eau regèle aussitôt et forme au bout de quelques semaines un lingam de glace qui s'élève à neuf pieds de hauteur. Très excitée par cette histoire, Irène voulait absolument en savoir plus et a entraîné Thomas vers les remparts en me plantant là.

Le parc était très bruyant. Les enfants hurlaient en jouant au cerceau, leurs bonnes les rappelaient à l'ordre, et la fanfare faisait un tintamarre ahurissant dans son kiosque. Je suis allée m'installer sur un banc à l'écart, à l'ombre d'un petit thuya, mais il n'y avait pas moyen d'être en paix. Soudain, j'ai entendu quelqu'un chuchoter à mon oreille :

« Silence ! Silence ! »

J'ai levé la tête. Personne. Je me suis remise à ma lecture, mais j'ai été à nouveau interrompue par un autre « Silence ! ». Un petit farceur s'était probablement caché derrière le branchage. J'ai voulu en avoir le cœur net. Je me suis approchée tout près, encore plus près. Et alors, je te le jure, j'ai été happée par le thuya ! J'ai essayé de me dégager, mais j'étais prisonnière de cette étreinte épineuse. Les bruits du parc devenaient de plus en plus confus, seulement au-dessus d'eux s'élevait clairement une autre voix. Crois-le ou non, c'était la voix de l'arbre, que je comprenais par quelque langage sensitif. Je ne sais pas si je peux ajouter foi à ses paroles, mais ce thuya m'a affirmé être le descendant direct de l'*arbor vitæ* du Canada offert à François Ier et planté dans son jardin royal de Fontainebleau. Comme j'aurais aimé prolonger cette rencontre ! Malheureusement, Irène m'appelait. Joachim se trouvait mal. Il hurlait et se démenait en se prenant la tête à deux mains. Nous l'avons tous raccompagné en ville.

Ce matin, j'ai exercé mon don sur quelques arbres de mon jardin. Les résultats sont absolument étonnants. Crois-moi si tu veux, mais j'ai appris que le seul ellébore capable de guérir la folie est celui qui pousse en Phocide ; qu'une décoction de *Juniperus sabina* dans du vin peut provoquer un avortement ; que l'on utilise des essences de cannelle, de myrrhe, de casse et de calame pour parfumer le saint chrême. J'ai aussi obtenu un grand succès avec tes plantes-baromètres : c'est de vive voix qu'elles m'ont annoncé la température qu'il ferait aujourd'hui. Penses-tu qu'Edmond serait intéressé à ce que je communique pour lui avec les champignons ?

À tous deux ma tendresse,

HORTENSE

Edmond Weiss au Docteur W. Clavel

Blackpool, le 12 juin 1895

Cher docteur,

Je n'ai pas oublié la discussion que nous avions eue en avril dernier, lorsque j'ai sorti Clara de votre clinique. Vous étiez contrarié de lui donner son congé avant terme, et vous m'aviez prévenu que je l'exposais à une rechute en la ramenant prématurément à la maison. Tel que vous l'aviez prédit, les épisodes d'étouffement de mon épouse ont repris, avec encore plus de persistance et de violence. J'ai hésité avant de prendre la plume. Je suis gêné de vous imposer mes tourments, d'autant plus que vous avez tâché de me les éviter. Mais vous êtes mon seul recours.

Dans votre ouvrage sur les cures de sommeil, vous écrivez qu'il ne faut pas écouter les malades car ils ne peuvent être égalés sur le point où ils déraisonnent. Ce jour-là, je ne me suis pas méfié de Clara, et elle n'a eu aucune difficulté à me convaincre qu'elle était guérie. Je l'avais amenée se promener dans les jardins de la clinique. Le soleil nous chauffait le dos, les bourgeons commençaient à poindre au bout des branches. Cet élan de la nature m'enhardit à la prendre par la taille. À mon grand étonnement, non seulement elle ne me repoussa pas, mais elle alla jusqu'à mettre sa tête sur mon épaule. Et, soudain, derrière un des buissons, elle me tomba dans les bras, me couvrant de baisers et me faisant toutes sortes de promesses si je la ramenais à la maison. Pour moi qu'elle avait si cruellement rejeté dès la première nuit de notre mariage, c'était trop de bonheur. Comprenez-vous pourquoi je n'accordai aucune importance à votre avertissement?

Durant le voyage en train qui nous ramenait à Blackpool, Clara se montra aussi enjouée qu'elle l'était avant sa maladie. C'était comme si le cauchemar de la lune de miel et des huit mois d'internement avait été oublié, et que nous repartions à zéro. La joie que je me faisais de reprendre notre vie commune fut cependant de courte durée. Les jours passaient et ma présence devenait pour Clara une source de détresse croissante, surtout la nuit. Elle prétendait que mon odeur l'oppressait, que je gobais tout l'air de la chambre. Elle dormait assise de peur de suffoquer. Je dois vous confier à mon grand embarras que nous n'avions toujours pas de rapports à proprement parler. Cependant, ce n'était plus la mauvaise volonté de Clara qui était en cause, mais la résistance qu'opposait son corps à toute intromission — une résistance si farouche que je me demandai si mon épouse n'était pas une de ces femmes «barrées» qui souffrent d'hypertrophie de l'articulation pelvienne. Puis je pensai que vos traitements réfrigérants avaient peut-être laissé des séquelles.

En me réveillant un matin, je la trouvai en pleine crise. Son visage était cramoisi; elle avait cessé de respirer et luttait pour retrouver son souffle. Ses bras battaient l'air, ses yeux écarquillés m'imploraient de faire quelque chose, mais je ne pouvais que la regarder, terrifié et impuissant. Cela dura je ne sais combien d'interminables minutes, jusqu'à ce qu'un hoquet étranglé vienne lui rendre vie.

À la suite de cet incident, je crus qu'il serait prudent de faire chambre à part pour un certain temps et, pour prévenir le pire, de lui faire suivre votre cure de sommeil. Je commençai à lui faire prendre, tel que vous le recommandez, trois grains de bromure de potassium dilués dans de l'eau de cannelle, à raison de quatre fois par jour. J'ajoutai à cela des séances de bains glacés et un régime cru. Or, malgré tous mes soins, l'état nerveux de mon épouse se détériore de jour en jour. Elle a perdu l'appétit et ses nuits sont troublées par des épisodes de tremblements et d'arrêts partiels de la respiration, ou par des cauchemars ahurissants qu'elle me raconte en détail. Elle est incapable de se concentrer, elle manque de retenue dans ses gestes, de modestie dans sa tenue. Elle qui avait autrefois une conduite et un sens du devoir religieux irréprochables refuse maintenant d'aller à la messe, prétextant que l'odeur de l'encens serait susceptible de provoquer une crise d'asthme. Or, à ma connaissance, elle n'a jamais fait d'asthme de sa vie. Elle est persuadée qu'une catastrophe indéterminée mais néanmoins redoutable est sur le point de se produire si nous restons plus longtemps dans cette maison, qu'elle a baptisée *Ultima Thulé*. Je ne sais plus comment la distraire. Je n'aspire qu'à faire son bonheur, et je préférerais ne pas lui imposer de retourner à la clinique. Mais je ne sais plus trop que penser et je suis d'humeur pessimiste. Je devrai aller bientôt à New Raven pour régler quelques affaires. Aurez-vous la bonté de m'accorder un entretien?

EDMOND WEISS

Cosmo Remington à Joachim Moss

Vendredi

Cher Joachim,

Le docteur Clavel vient de nous annoncer que tu es enfin hors de danger. On peut dire que tu nous as causé une belle frousse. Depuis l'opération, maman se rongeait les sangs et j'étais constamment au bord des larmes. Dieu merci, tu es sauvé, et c'est l'essentiel. Souffres-tu beaucoup? Quand pourrai-je enfin te voir?

Avec toutes ces émotions, je n'ai pas mis les pieds au journal de la semaine. Voici, pour te divertir un peu, mon emploi du temps des derniers jours.

Lundi après-midi. Dans l'espoir de me changer les idées, j'assiste à un tournoi de tennis. Dans leur costume blanc, les joueurs manient leur raquette avec tant de grâce et courent après les balles avec tant d'élégance, que malgré mon dédain habituel pour toute forme de sport, je me laisse séduire par ce tête-à-tête viril, dont la beauté permet d'imaginer ce que devaient être autrefois les jeux gymniques. Que dirais-tu si nous nous mettions nous aussi au tennis dès que tu seras sur pied? Mais peut-être cela n'est-il pas recommandé pour tes mains délicates.

Mardi soir. Je suis invité à un dîner que tu aurais aimé. Notre hôte est l'horloger Albert Pfister, qui ne tolère dans sa maison ni montre, ni cadran, ni horloge. Voilà pourquoi on ne voit pas le temps passer chez lui, et ses soirées se terminent toujours effroyablement tard. Il faut dire qu'on ne s'ennuie jamais en sa compagnie. Il n'invite à sa table que des jeunes hommes, parce qu'ils sont moins aptes à tomber malades et à lui causer de l'anxiété. Je suis assis entre Thomas Rostock et Basile Baldus, l'homme le plus laid de notre ville mais aussi le plus amusant, quoiqu'il ait toujours l'air morose. Albert Pfister nous raconte une étonnante anecdote au sujet de Descartes, lequel ne voyageait jamais sans une automate qu'il appelait affectueusement «ma fille Franchina», en souvenir de l'enfant qu'il avait perdue. Durant une traversée, il la laissa marcher sur le pont du bateau pour amuser les marins mais le capitaine, persuadé qu'il s'agissait là de l'œuvre du diable, jeta la pauvre Franchina par-dessus bord.

Comme Pfister possède lui-même quelques-unes de ces fantastiques machines, il nous en fait la démonstration. Assis à son pupitre, un écolier dessine un chien et écrit dessous: «Mon toutou». Un magnétiseur fait des passes pour hypnotiser une femme qui s'élève aussitôt dans les airs. Deux escrimeurs se mettent en garde et croisent le fleuret jusqu'à ce que l'un fasse mouche sur le cœur rouge marquant le plastron de son adversaire. Les automates ont ceci de fascinant qu'ils ne rechignent pas à répéter inlassablement le même geste, répétition à laquelle nous refuserions de nous astreindre mais sans laquelle, néanmoins, aucune réelle perfection ne saurait être atteinte.

Mercredi. Je marche de long en large sur le Grand Boulevard comme une âme en peine. Je croise Rakham, qui s'en va déjeuner à l'hôtel Empire et m'invite à l'accompagner. Je sais pertinemment que cet homme-là a tenu dans mon dos des propos fort désobligeants au sujet de ma chronique féminine; je devrais refuser de lui adresser la parole, mais j'accepte son invitation tout de même car, autant te l'avouer, je suis un homme mou et sans principes. Entre deux portos, il me confie qu'il vient d'exécuter une série de médailles en quartz. Or tu connais ma passion dévorante pour les camées, les intailles, tous ces menus bas-reliefs, médaillons ou cachets qui immortalisent le souvenir d'un être cher. Aujourd'hui, ma collection compte deux cent cinquante-sept pièces, mais la perspective d'en acquérir une nouvelle me remplit chaque fois d'une excitation telle que je ne connais de repos que je ne la tienne en ma possession. Comme je n'ai encore rien en quartz, imagine un peu mon émoi lorsque Rakham me parle de six médailles! Je ne laisse rien paraître devant lui, mais j'en perds néanmoins le sommeil. Mon rêve secret, je peux bien te le confier, serait d'exposer mes trésors dans un *Kunstkammer* où seraient juxtaposés, dans une même vitrine, objets d'art et curiosités naturelles — coquillages, bézoards, mandragores, perles baroques, têtes de mort, dents de requin fossilisées, œil de basilic...

Jeudi. Je passe la journée à me faire les ongles.

Ce matin. Je me rends à l'atelier de Rakham et le prie de me montrer ses médailles. Il refuse d'abord, puis hésite longuement, me prévient qu'il n'acceptera jamais de s'en défaire, mais daigne tout de même me conduire jusqu'à la vitrine où elles sont exposées. Comment te décrire ce que j'y vois? Sur des socles en verre dépoli sont posés six disques du plus beau cristal de roche, d'environ trois pouces de diamètre chacun. Avec une inspiration divine, Rakham y a sculpté en relief le profil pur d'une femme aux différents âges de sa vie. La légère bosse au faîte du nez, la fossette au coin des lèvres, l'alcôve au creux des clavicules — tout, jusqu'au moindre cil, est artistement ciselé. Aucun détail de la toilette n'a été négligé, ni les boucles de la chevelure, ni le tortil perlé des parures, ni les galons brochés des robes. Devant tant de beauté, je me mets à trembler. Oh, que n'ai-je ces médailles en ma possession!

Bon, déjà onze heures. Je t'écrirais encore toute la nuit, mais maman m'envoie me coucher. Je ne cesse de penser à toi,

COSMO

Livre de bord d'Ian Ryder, capitaine du Nivalis

Cap Sheridan, 14 juin 1895
Lat. 82° 31′ N., long. 62° 19′ W., temp. 9°

Passé la matinée à faire des prélèvements minéralogiques dans la baie. J'ai encore les oreilles assourdies par les piaillements des milliers de guillemots nichant dans la falaise. Sur le rivage, quelques glaçons enchâssés dans le sable gelé font miroiter au soleil leurs faces biseautées. La neige graveleuse est comme du diamant concassé, vermiculée de rouge là où pointent les lichens.

Le pôle, que les Esquimaux appellent la matrice du monde, n'est qu'à 455 milles d'ici — une distance qu'en eau libre, le Nivalis parcourrait en quelques jours. Mais cette mer que le capitaine Nares déclara impraticable il y a vingt ans défend toujours sa virginité d'une barricade de glaces. Pousser plus au nord exigerait un raid en traîneau, ce que je ne tenterai sûrement pas. Comme Magellan, Dampier, Cook, je suis navigateur avant d'être explorateur et, sur terre, je perds tous mes moyens.

Dans ce désert gelé où le vent sculpte sans relâche un relief de ruines, et qui requiert pour survivre des vertus physiques et morales peu communes, tout homme est contraint de se regarder dans les glaces, et leurs reflets lui révèlent fatalement les défauts de sa cuirasse. Parfois j'aimerais être aveugle pour ne pas voir les miens. *Clara, clarissima in cælo*... Un an après mon départ, je suis encore hanté par la lueur lointaine de celle qui aurait pu donner un sens à mon existence, si seulement elle avait été à ma portée.

Docteur W. Clavel à Edmond Weiss

Clinique Clavel, ce samedi 15 juin 1895

Monsieur,

Je vous avoue que je ne fus nullement surpris de recevoir une lettre de vous, et encore moins d'apprendre que votre épouse avait fait une rechute — encore que pour faire une rechute, il faille d'abord avoir été sur la voie de la guérison, ce qui était loin d'être le cas pour madame Weiss. Je préfère donc parler d'aggravation, si vous le voulez bien, et j'aimerais vous signaler que nous n'en serions pas là si vous l'aviez laissée à mes bons soins.

Votre dévouement envers votre épouse est exemplaire, votre désir de prendre soin d'elle, louable, et je comprends que vous préfériez endurer stoïquement ses défaillances — l'impiété, l'ingratitude, l'insincérité, l'insubordination, l'impudeur, le manque d'affection — plutôt que de vous séparer d'elle. Mais il faudra tôt ou tard vous rendre à l'évidence: l'hystérie n'est pas un état d'âme passager que l'on neutralise avec un peu de bonne volonté ou un changement de paysage. C'est une affection pernicieuse qui, laissée à elle-même, risque de dégénérer en démence terminale.

Sans dénigrer les découvertes auxquelles a conduit la méthode du Dr S. W. Mitchell, nous savons depuis Aristote que le système reproducteur féminin est froid parce qu'il n'est pas séminal. S'il s'échauffe, c'est tout l'équilibre psychique de la femme qui est affecté. Les malades ont des symptômes caractéristiques : hausses de température, fébrilité et, comme c'est le cas chez votre épouse, contraction des cols du haut et du bas, empêchant les fonctions normales de respiration et de reproduction. Voilà pourquoi il est essentiel de rafraîchir l'organisme par une thérapeutique antithermique appropriée.

Je concède que vous avez fait preuve de discernement en mettant votre épouse au grand repos dès les manifestations des premiers symptômes, le sommeil ayant l'avantage d'abaisser la température du corps de deux degrés. Aussi sera-t-il judicieux de poursuivre la cure de sommeil, et d'éliminer de l'environnement de notre malade tout ce qui est susceptible d'échauffer ses nerfs : les couleurs vives, les tissus trop doux, les parfums persistants. La lumière solaire étant réputée provoquer les accidents hystériques, tenez les stores baissés le plus possible durant le jour. Poursuivez les bains glacés et administrez en lavement une pinte d'eau à 50° F tous les deux jours. Privilégiez une nourriture substantielle : consommé en gelée, bifteck bleu, riz au lait — jamais de sucreries ni d'épices. Surtout, et j'insiste, ne laissez pas la patiente se complaire dans sa morbidité. Si elle exprime le désir de vous confier ses sensations ou ses sentiments, employez les moyens qu'il faudra pour la faire taire.

Quand vous viendrez me voir, je vous donnerai une ordonnance de morphine, qui devrait à la fois alléger les sensations d'étouffement et faciliter l'accomplissement du devoir conjugal. En attendant, doublez la dose de bromure. Je vous mets toutefois en garde : ces mesures ne peuvent apporter qu'un soulagement temporaire. Elles s'avéreront éventuellement insuffisantes, et il faudra bien remettre votre épouse entre mes mains. Le jour où vous y serez enfin résigné, soyez assuré que je serai entièrement à votre service. Votre tout dévoué,

DOCTEUR W. CLAVEL

Joachim Moss à Cosmo Remington

Clinique Clavel, 17 juin

Cher Semblable,

Pardonnez ma main tremblotante. Je suis encore faible, bien faible. Je reprends des forces et je recommence à manger après avoir été nourri pendant cinq jours au thé de bœuf et au lait glacé. Je ne peux pas encore marcher, bien évidemment, ni recevoir des visiteurs, mais j'ai la permission de vous écrire.

Je ne vous accablerai pas en relatant mes douleurs, qui furent à la fois plus atroces et plus supportables que je me l'étais imaginé. En revanche, j'aimerais vous raconter mon opération, à laquelle j'ai assisté comme un observateur halluciné. Voyez-vous, le docteur Clavel ne m'a pas endormi : les risques sont moins grands si le patient demeure conscient durant l'opération.

Le matin du 10, des infirmières sont venues dans ma chambre et m'ont fait endosser une longue chemise de toile. Ma tête a été rasée, lavée au savon avec une brosse, puis à l'éther, puis à l'alcool, puis au sublimé, et couverte de compresses antiseptiques. On m'a conduit dans une salle aux angles arrondis au milieu de laquelle il y avait une table d'opération, percée d'un trou à une extrémité. En attendant l'arrivée du docteur, on m'a montré comment tout ici était parfaitement aseptique : les tubes de drainage conservés dans des bocaux bouchés à l'émeri, les cristaux blancs de phénol, les fils de suture en soie et en catgut enroulés sur des bobines de verre, les tampons de gaze fraîchement sortis de l'autoclave, le bassin d'acier sur pied dans lequel serait jeté tout ce que le docteur jugerait bon d'extraire durant l'opération. On m'a montré aussi les instruments de chirurgie stérilisés à l'étuve et immergés dans l'eau phéniquée : le trépan (une sorte de vilebrequin à tête couronnée qui perfore le crâne), le triploïde (un trépied muni d'un pas de vis qui soulève l'os découpé), les rugines qui raclent l'os pour en raboter les aspérités.

« Le docteur Clavel est un grand chirurgien, a dit une des infirmières. Vous verrez, tout ira bien. »

Sous la lueur des lampes électriques, les instruments brillaient d'un éclat menaçant.

Le docteur Clavel est entré dans la salle avec fracas, suivi d'une file d'internes, de collègues et de carabins venus voir le maître à l'œuvre. Je craignais d'avoir soudain une quinzaine de paires d'yeux braqués sur moi, mais tous ces gens n'en avaient que pour le docteur Clavel. C'est le genre d'homme qui commande la déférence. J'ai à peine senti la piqûre lorsqu'il m'injecta l'anesthésique. J'ai cru préférable de garder les yeux fermés. Quelqu'un me prit par les épaules et me tourna sur le ventre, de façon à ce que mon visage s'imbrique dans le trou de la table. Quelqu'un d'autre entoura ma tête avec des sangles de toile et les attacha solidement à la table. Mes mains et mes pieds furent liés et fixés de la même manière, avec des garrots en caoutchouc. «Essayez de bouger maintenant.» Impossible. Comme pour faire exprès, la peau commençait à me démanger en plusieurs endroits, et j'aurais donné je ne sais quoi pour pouvoir me gratter. J'avais aussi une légère nausée, provoquée sans doute par l'anesthésique combiné aux vapeurs de phénol. Tout autour de moi, des pas, des chuchotements, des tintements métalliques.

Pendant ce qui suivit, mes nerfs étaient parfaitement insensibilisés, et je mentirais si je disais que je ressentis la moindre douleur. Mais l'absence de douleur, justement, était à rendre fou. Était-ce une sensation fantôme comme celle qui hante les amputés, ou était-ce le produit de mon imagination? Pour une raison ou pour une autre, je ressentais ce que l'on faisait à mon corps, d'une façon imperceptible, il est vrai, mais je le ressentais néanmoins. Et bien que j'aie eu le visage tourné vers le sol, je suivis seconde par seconde les gestes que l'on exécutait au-dessus de moi.

Ce fut d'abord une légère pression sur ma tête, puis trois longues incisions au bistouri sur le sinciput scandées par la voix claire du docteur Clavel: «J'ai délimité, comme vous voyez, un lambeau cutané sur le pôle du crâne, mais je n'ai pas coupé le quatrième côté pour préserver la vascularisation. Maintenant je replie le lambeau pour découvrir l'os.» Un flux de salive brûlante envahit ma bouche. Je crus que j'allais vomir. L'idée de mon crâne ainsi mis à nu était insupportable. Pendant un moment, j'oubliai que j'étais de chair et je me vis sous la forme d'un squelette, étendu là sur cette table, les orbites noires et le sourire béant. J'avais dans la tête l'image obsédante de ces calottes crâniennes néolithiques que l'on a déterrées sous un dolmen près d'Aiguières et qui avaient été trépanées au silex.

Un objet pointu contre mon crâne. Le grinchement continu d'un ongle sur une ardoise, de plus en plus fort. Le trépan commençait à tourner. Le cri infernal de l'acier contre l'os m'emplit les oreilles, les yeux, la bouche. Quelques minutes de silence, puis cela recommença de plus belle.

«J'ai percé sept trous le long de la suture fronto-pariétale, poursuivit le docteur Clavel. Je vais dégager la plaque osseuse. Passez-moi les petites scies sans arbre et le triploïde.»

L'étau des sangles empêchait ma tête d'être entraînée par le va-et-vient des scies. Le moment était venu d'installer le trépied sur mon crâne. J'entendis le grincement sinistre de la vis qui s'engageait dans l'os, puis un craquement. Ma tête était tirée comme si l'on essayait de m'arracher une dent. Ma boîte crânienne allait-elle éclater en morceaux? Pris de panique, j'ouvris les yeux. Le parquet verni était couvert de sang. J'étais écœuré. Je n'avais qu'envie de me détacher et de me sauver en courant, sans même attendre que l'on referme ma plaie. Les assistants ne murmuraient plus. Les cliquetis de métal se faisaient plus rapides. «Voyez comme la friction du crâne a altéré les méninges. Érythème de la dure-mère, œdème au niveau de l'arachnoïde, inflammation de la pie-mère... Je cryocautérise tout cela avec de la neige carbonique.»

Un bruit de chute. Un carabin venait de s'évanouir. Puis l'écho sourd de quelque chose tombant dans le bassin d'acier. «Le tissu cérébral est assaini. Je procède à l'hémostase et je suture les méninges.» Le son des pompes, du sang qui s'égouttait, de la peau que l'on remettait en place, du va-et-vient des aiguilles. «L'os se réparera comme après une fracture.»

J'ai maintenant sur le dessus de la tête une cicatrice où les cheveux ne repousseront plus jamais, parce que le tissu cicatriciel ne remplit jamais les mêmes fonctions que le tissu normal qu'il remplace. Le docteur Clavel dit de me préparer à une très longue convalescence: je ne sortirai pas d'ici avant un mois. Je comprends pourquoi l'on vient de toutes les Maritimes pour le consulter. Cet homme est capable de faire des prodiges. Ses honoraires sont à l'avenant. Je ne sais ce qui m'a mérité tant de générosité de votre part, mais je vous jure sur tout ce qu'il y a de plus sacré que jamais vous n'aurez à vous plaindre de mon ingratitude.

JOACHIM

Journal de Clara Weiss

Mardi 18 juin

J'ai peine à me réveiller tant je suis engourdie par le bromure. De la table de chevet, la statuette de cristal darde sur moi ses yeux noirs. Marie-Madeleine, que le Christ délivra de sept démons. Marie-Madeleine, affligée comme moi d'une maladie nerveuse inexplicable, après avoir été désertée par son époux Jean l'Évangéliste, le lendemain de leurs noces à Cana. Le quartz brille au soleil, clair comme le jour, comme s'il était creux et ne contenait rien d'autre que de l'air lumineux. Pourtant, à certains endroits il est moins transparent qu'avant, un peu opaque même, et couvert d'une couche de poussière granuleuse.

Hier Edmond a fait irruption dans ma chambre. À travers les vapeurs de mon sommeil, je l'entendais traîner quelque chose de lourd. J'ai dessillé les yeux avec difficulté pour voir ce qu'il faisait. Il avait ouvert la porte du placard et était en train de jeter, dans une grande malle, tous mes vêtements : ma robe en plumetis de soie saphir, mon petit costume parme ourlé de gros-grain, la jupe en velours épinglé qu'Hortense m'a offerte, mon corsage vert Nil (celui avec une ruche en tulle rose indien), mes chemisettes en batiste perlée, ma jaquette prune à parements de dentelle, mes gants de chevreau jaune paille, mon éventail en nacre pourpré et duvet de cygne, mon ombrelle céladon au manche de corail. Il a jeté dans la malle tous mes mouchoirs brodés, qui ont voleté un moment dans l'air comme des flocons de neige avant de tomber. Il s'est dirigé vers la table de toilette. Heureusement, il n'a pas trouvé le peigne en ivoire du capitaine, parce que je le garde toujours près de moi, sous mon oreiller, et il n'a pu le confisquer.

Edmond est venu s'asseoir sur le lit, répétant mon nom cinq fois. J'ai adressé une prière au ciel pour qu'il s'en aille. Il est resté là, à me regarder, pendant une éternité. Je retenais mon souffle afin d'éviter de sentir son odeur. Mon cœur s'est mis à battre à tout rompre et mes paupières, à trembler incontrôlablement.

« Je sais que tu ne dors pas. »

Il a rejeté le drap. J'ai serré les genoux. Sa bouche est descendue le long de mon flanc. Tremblante de dégoût, j'ai laissé échapper un gémissement. Enhardi, il s'est déboutonné et s'est emparé de ma main pour m'arracher des attouchements. Il tentait de raffermir mes gestes, mais je restais molle. Il s'est impatienté devant ma maladresse. Il a dit: «Laisse-moi te montrer...» Je n'ai pas entendu la suite. Je n'ai pas senti son membre glisser entre mes doigts. Je n'ai pas vu Edmond se démener comme un forcené.

Il a laissé derrière lui un drap taché et une odeur de champignon. Dans le placard, il ne reste plus qu'une robe en cheviotte gris fer, une vilaine tunique en serge noir à petit pointillé, un tablier, un mouchoir de linon. J'ai envie de pleurer. Est-ce un manque de profondeur de ma part de m'identifier autant à mes vêtements, de ne pouvoir dissocier ce qui est à moi de ce qui est moi? William James dit que l'âme, le corps et l'habit forment chez l'être humain une sainte trinité: le sens de notre propre valeur est si intimement lié à ce que nous portons que nous préférerions nous contenter d'un corps mal formé, s'il était toujours élégamment vêtu, plutôt que d'avoir un corps parfait mais mal accoutré.

Sans mes mouchoirs, comment ferai-je pour me préserver de l'odeur d'Edmond? Cette odeur de champignon qui prend à la gorge et qui contamine tout ce qu'il touche — ses chaussures, par exemple. Surtout celles en vélin glacé, étroites et très pointues, qui dénotent une indéniable vulgarité dans la façon dont les lacets se nouent. Ces chaussures-là me font penser aux canailles des quartiers mal famés que l'on croise parfois dans la rue, et que l'on devine capables de tricher aux cartes, de séduire une jeune fille dans la maison de ses parents, ou de poignarder un rival dans le dos. Edmond possède aussi une montre fétide dont la cuvette gravée représente un train surgissant d'un tunnel. Elle sonne les heures en chantant une marche de John Philip Sousa et émet un grincement sinistre quand il en tourne le remontoir. J'aimerais être sourde pour ne pas entendre ce bruit-là.

Edmond m'a annoncé qu'il devait aller à New Raven la semaine prochaine. Évidemment, il ne me laissera pas l'accompagner. Tant pis pour lui. Dès qu'il sera parti, j'irai chercher ses chaussures pointues et sa montre. Je les enterrerai dans le jardin et je ne les sentirai plus jamais.

Irène Beaumont à Clara Weiss

New Raven, le mardi 18 juin

Chère Clara,

Pardonne-moi ce hideux papier, mais je suis à court de vélin et comme c'est jour de congé pour la bonne, j'ai dû me contenter de ce que j'ai pu trouver. Je viens de recevoir une invitation pour aller le 24 à l'inauguration de la nouvelle maison du maire. Or tu sais à quel point son ignoble petit roquet d'épouse me donne de l'urticaire. Aussi, j'ai pensé me défiler de cette obligation en vous rendant visite la semaine prochaine, bien que la perspective de passer une semaine à la campagne en compagnie d'Edmond ne me sourie guère. Tu dois être folle de joie à l'idée de me revoir. Ne t'en veux pas trop de m'accaparer : rien ne me retient en ville ces jours-ci. Mes soupirants m'ennuient, Cosmo passe ses temps libres chez Rakham, quant à tante Hortense, elle ne s'intéresse qu'aux arbres depuis qu'elle communique avec eux.

« Incline-toi devant les pins, m'a-t-elle dit hier, ils te répondront en agitant leurs branches. »

Ai-je besoin de préciser que je ne me suis pas inclinée devant les pins ? Je dois avouer toutefois que ses révélations sylvestres, bien qu'hétéroclites, sont somme toute étonnantes — un véritable ramassis d'anciens savoirs et de croyances dépassées. Je soupçonne qu'Hortense n'a pas vraiment appris ces choses des arbres, mais alors d'où les tient-elle ?

Je n'ai plus de papier, comme tu vois, alors je termine ici. Veux-tu que je t'apporte quelque chose quand j'irai te voir ? Si tu as besoin de quoi que ce soit, fais-le-moi savoir.

I.

Clara Weiss à Irène Beaumont

Blackpool, jeudi 20 juin

Irène,

J'ai fait part à Edmond de ta proposition, il l'a accueillie comme si elle était envoyée du ciel. Il devait justement aller à New Raven la semaine prochaine où des affaires pressantes l'attendent. Il hésitait toutefois à me laisser seule ici. Puisque tu seras là pour veiller sur moi durant son absence, il est tout à fait rassuré. Et tu n'auras pas à l'endurer.

Je préfère tout de même te prévenir : tu trouveras sûrement cet endroit encore plus reculé que Oyster Bay. Aucun lieu ne mérite mieux son nom que Blackpool : l'eau ici est aussi noire que l'espace — une masse dense, et froide, et sans pitié, dans laquelle le regard se noie en un éclair. On ne s'en rend pas bien compte, parce qu'elle cache sa véritable nature sous mille miroitements. Il n'y a rien de plus trompeur que les reflets, surtout ces paillettes de lumière qui font écran sur l'œil et empêchent de voir au fond des pupilles.

Quel temps fait-il à New Raven? Ici, la canicule est arrivée avec un mois d'avance. L'air est aussi brûlant qu'à l'intérieur d'un four; même sur la plage, aucune brise n'offre de répit et la mer est lisse comme une peau de lait. Edmond tient tous les rideaux fermés pour conserver un semblant de fraîcheur dans la maison et l'atmosphère est étouffante. Il se met tout en sueur à force de vitupérer contre la température, et contre moi:

«Froide comme tu es, tu ne ressens même pas la chaleur.»

Quelle sottise. Bien sûr que j'en souffre autant que lui. Seulement je ne m'en plains pas. Je tâche de ne pas m'agiter et, quand je n'en peux plus, je vais me réfugier sous les arbres — le bois, c'est bien connu, n'est pas un bon conducteur de chaleur. L'ombre des frondaisons abrite du soleil et les troncs diffusent des ondes froides qui abaissent la température ambiante de plusieurs degrés.

J'ai bien essayé de communiquer avec les arbres, mais ils se sont refusés à me faire la moindre révélation. Je suis maintenant persuadée que celles d'Hortense sont plutôt des réminiscences de ce savoir universel dont nous sommes tous dotés à la naissance, mais qui reste protégé dans une crypte scellée aux antipodes de notre mémoire. Tante Hortense a dû trouver le moyen d'y avoir accès: c'est ce qu'on appelle faire de la cryptomnésie. J'en suis venue à cette conclusion en lisant Francis Bacon. Sais-tu que cet homme-là est mort en voulant vérifier si le froid pouvait conserver la chair?

Par une nuit glaciale d'hiver, il fit arrêter son fiacre en pleine campagne et sortit pour farcir une volaille de neige. Il en attrapa un influenza fatal.

Si je n'ai pas réussi à te dissuader de venir, arrive par le train de dimanche. J'enverrai quelqu'un te prendre. Aussi, pourrais-tu m'apporter une douzaine de mouchoirs ? Edmond a confisqué tous les miens et je n'aime que ceux de la mercerie Gilman.

CLARA

Livre de bord d'Ian Ryder, capitaine du Nivalis

Cap Sheridan, 21 juin 1895
Lat. 82° 31′ N., long. 62° 19′ W., temp. 33°

Jour du solstice. Tout l'équipage était occupé à laver le pont, à réparer le hauban ou à revernir la barre lorsqu'un étrange phénomène s'est produit. J'étais sur la dunette avec mon second, monsieur Haeckle, qui déclamait, en regardant dans sa longue-vue :

« *Et j'ai vu une mer vitrifiée pareille à du cristal, sur laquelle se tenaient les vainqueurs de la Bête, de son image, et du nombre de son nom...* »

Monsieur Haeckle a travaillé toute sa vie sur les baleiniers et n'a pas passé un seul été au sud depuis qu'il a quatorze ans. Il est très laconique et n'ouvre généralement la bouche que pour citer la Bible. Il ne parle jamais de sa famille, quoiqu'il ait déjà mentionné une sœur qu'il aime beaucoup parce qu'il ne l'a pas vue depuis vingt ans. Il a toutefois ses moments d'expansivité, lorsque par exemple il explique les mœurs esquimaudes ou fait l'éloge de la baleine du Groenland, dont les fanons font les meilleurs corsets.

Une bruine s'est mise à tomber juste comme le steward Dumas nous servait le café. J'ai remarqué que son visage se couvrait de gouttelettes rouges. Ici, il n'est pas rare d'avoir les joues en sang car le vent charrie des cristaux de glace aussi coupants que des lames de rasoir. Or il ne ventait pas. Le pont du navire aussi commençait à se maculer et, un instant plus tard, dans un élan de panique, les hommes se sont mis à hurler qu'il pleuvait du sang. Quatre ou cinq d'entre eux sont tombés à genoux, les autres ne cessaient de se signer.

Ils se trompaient, évidemment. En fait, le ciel s'était couvert d'une nuée de petits papillons blancs — une nuée si dense que l'on se serait cru en pleine tempête de neige. Ces insectes sont l'une des dernières manifestations de vie au nord, et ils ont établi leur repaire dans les anfractuosités de la falaise. Le beau temps les avait fait sortir aujourd'hui pour leur grand vol nuptial, et l'excitation leur faisait exsuder le liquide rougeâtre qui tombait en hémorragie sur nos têtes. Ces sécrétions répandaient le parfum pénétrant, légèrement ferrugineux du sang menstruel.

Monsieur Haeckle m'a expliqué que chez les Esquimaux aussi, la fécondité est liée à la réapparition du soleil. Les femmes souffrent d'aménorrhée pendant toute la nuit arctique et leurs règles ne reviennent qu'au printemps, alors que l'émoi sexuel des hommes est si intense qu'ils en tremblent. Après un festin de lièvre cru, ils se livrent à une orgie qui dure plusieurs semaines.

Après le dîner, monsieur Haeckle est venu frapper à la porte de ma cabine.

«Les hommes ont peur, capitaine. Ils pensent que vous avez tenté le diable en vous aventurant jusqu'ici.

— Eh bien! assurez-les que je l'attends de pied ferme.

— Je n'en doute pas, capitaine. Je vous connais assez pour savoir que vous ne reculez jamais.»

Monsieur Haeckle ne sait pas à quel point il a raison. Mais ce n'est pas le courage qui me motive. En vérité, je reste à mon poste parce que j'ai trop peur de revenir en arrière — de rentrer au Sud, où ne m'attend plus rien.

Clara Weiss à Hortense Beaumont

Blackpool, vendredi 21 juin

Chère tante,

Edmond part demain pour New Raven et, comme il doit vous voir, il pourra vous remettre ce mot en mains propres. Si mon anxieux époux tient à mon sujet des propos alarmants, disant que je ne suis pas en état de voyager, que mes crises s'aggravent, bref, que je suis au plus mal, n'en croyez rien. Il est vrai que j'ai eu quelques épisodes d'étouffements, mais je vais beaucoup mieux.

Edmond fait grand cas de ma maladie parce que, dans le fond, il ne veut pas que je guérisse. Pour mon plus grand malheur, il s'est attaché à ma fragilité. Son affection patiente, son indéfectible sollicitude, son obstination à me refuser tout ce qui me redonnerait goût à la vie sont autant de façons de me rendre invalide pour mieux me garder sous sa coupe.

Mon existence est figée dans l'oisiveté et j'ai un sentiment accru de gaspiller mes jours. Si bien que la seule façon pour moi de suspendre le cours du temps est d'empêcher mon sang de s'écouler par le col de ma clepsydre. J'aimerais être plus précise, mais je ne peux me résoudre à écrire un mot que je considère comme l'un des plus laids dans n'importe quelle langue, et que je trouve particulièrement irritant lorsqu'il est chuchoté par un homme avec cette espèce de délectation qui veut sous-entendre une accointance de longue date avec les mystères féminins. Moi qui souffre d'aménorrhée depuis des mois, j'ai à subir plus que ma part de ce tourment: «Sont-*elles* déjà arrivées? Viendront-*elles* bientôt?» En quoi cela peut-il bien concerner Edmond que je ne sois pas réglée comme une horloge? Malheureusement, il voit dans cette condition la confirmation de toutes ses inquiétudes.

Quand vous le verrez, je vous en prie, faites-lui comprendre que ses craintes ne sont pas fondées, et tâchez de le convaincre de m'emmener à Oyster Bay au mois d'août. Si je reste ici encore longtemps, je commencerai vraiment à dépérir. Je compte sur vous,

CLARA

Irène Beaumont à Cosmo Remington

Blackpool, le lundi 24 juin

Cher Cosmo,

Me voici chez ma sœur après un voyage terriblement éprouvant. D'abord, le train est resté pris dans le tunnel plus de quatre heures; un éboulis avait obstrué la voie et ces flancs-mous de cheminots ont pris tout leur temps pour la dégager. J'ai fait un esclandre auprès du chef de train, un insolent de la plus belle espèce. Ensuite, j'ai été conduite ici dans un vieux tilbury à moitié déjanté. La route était si cahoteuse que ma valise a été renversée par trois fois sur le chemin.

J'ai trouvé Blackpool à l'image de Clara : inhospitalier, épineux et hostile. Je ne comprends pas comment Edmond pense arriver ici à la distraire de sa mélancolie. La maison a une allure de vaisseau fantôme. On y accède en serpentant entre deux rangs de peupliers étouffés par le lierre. Aucun des délices habituels de la villégiature, aucun semblant de société à des milles à la ronde.

C'est une vieille servante qui est venue me répondre. Elle m'a laissée plantée sur le pas de la porte sans dire un mot, et a disparu dans un corridor obscur. J'ai presque cru que je m'étais trompée d'adresse. Clara a finalement émergé du fond de la maison et m'a accueillie de façon je dirais un peu contrainte. Nous avons pris le thé au salon — une pièce peu réjouissante aux murs blanchis à la chaux, aux parquets couinants, dont le seul ornement est la collection de champignons d'Edmond. Le thé ne valait guère mieux. Il n'y avait pour l'accompagner qu'une tranche de pain grillé coupée en quatre pointes — pas de beurre ni de confiture. Sans même y avoir touché, Clara s'est mise à fredonner un hymne dont elle avait oublié les paroles. De temps à autre, elle palpait son cou, puis retirait brusquement sa main et me regardait à la dérobée pour s'assurer que je n'avais rien remarqué.

Comment te décrire l'état dans lequel j'ai trouvé ma sœur ? Elle est maigre, avec la peau parcheminée des femmes qui prennent trop de bromure. Ses yeux sont margés de cernes, ce qui est étonnant pour quelqu'un qui dort presque tout le temps. Lorsqu'elle ne dort pas, elle est léthargique et parfois même incohérente. Tout à l'heure, par exemple, elle a dit que jamais, en se mariant, elle ne se serait attendue à être soumise à autant d'extorsions au nom du devoir conjugal. Qu'est-ce que cette histoire d'extorsion? Je ne suis pas en position de juger, mais il me semble évident que lorsqu'une femme épouse un homme, elle doit s'attendre à être dévêtue les trois quarts du temps.

Je suis presque froissée de m'être déplacée jusqu'ici pour Clara, alors qu'elle fait si peu cas de moi. Elle est absorbée par la propreté de sa maison, qu'elle souhaiterait monastique, et fait preuve à cet égard d'une exigence presque tyrannique envers sa servante. Elle l'oblige à récurer la salle de bains matin et soir «pour tuer les champignons». Elle lui fait ébouillanter le couvert avant de dresser la table. Elle lui demande de porter des gants blancs pour border les lits. La pauvre femme a ainsi les mains dans l'eau de Javel toute la journée. Clara, elle, a toujours le nez en l'air, à l'affût de la moindre odeur suspecte. Si bien que l'on se surprend à se demander si cette odeur (imperceptible à quiconque n'est pas doté de son hypersensibilité olfactive) n'émanerait pas à tout hasard de soi. C'est très embarrassant.

Mais nulle part n'est-elle plus irritante qu'à table. Je ne sais pas comment Edmond fait pour digérer. Hier soir, au souper, elle a commencé à me citer un chapelet d'ouvrages en latin et s'est grandement étonnée de ce que je n'en avais jamais entendu parler. Or je sais pertinemment qu'elle n'a pas lu tous ces livres: comme à son habitude, elle glane ses citations dans la *Pseudo-doxia epidemica* de Sir Thomas Browne. Elle était là à picorer son steak saignant, me priant avec componction de ne pas m'occuper d'elle, sous-entendant qu'elle endurait ses souffrances avec résignation.

J'ai toujours trouvé que ma sœur essayait de tirer vanité et avantage de sa condition. Son inappétence, sa constitution étiolée, ses sentiments éthérés, sa conversation élevée, son impeccable propreté — tout cela lui permet de vivre en odeur de sainteté et de se sentir moralement supérieure à nous tous. Si tu veux mon avis, son auréole est tout simplement trop serrée.

Je crains que ma semaine ici ne soit longue. J'espère que Joachim va mieux, et j'ai hâte de vous revoir tous deux.

I.

Journal de Clara Weiss

Mardi 25 juin

Un rêve. Avec Irène sur un fragment détaché de la banquise. Un essaim de guêpes gravite autour de ma tête. Affolée, je supplie ma sœur de les chasser, mais elle reste sourde à mon appel. Les guêpes se font plus menaçantes. Pour leur échapper, je n'ai d'autre recours que de me jeter à la mer. Le courant m'emporte au large. Irène me crie de revenir. Je me laisse aller à la dérive. Un navire finira bien par me recueillir.

J'ai fait quatre autres rêves cette nuit. Je tire un certain orgueil de m'en souvenir, comme s'il s'agissait d'un don, et pourtant cela demande beaucoup d'efforts.

Au réveil, je n'ai qu'une impression fantôme qu'un seul mouvement du corps peut dissiper. Aussi je reste parfaitement immobile dans mon lit, sillonnant les circonvolutions de ma mémoire à la recherche d'une seule image qui servira d'assise à la délicate reconstruction de tout l'édifice onirique. Cette image mène à une autre image, puis à une autre, à condition toutefois de ne pas se laisser égarer par les digressions de la rêverie, qui à tout moment tentent de s'y surimposer. Finalement l'écheveau se dévide, les visions intérieures racontent une histoire. Je ne sais jusqu'à quel point mon esprit intervient pour combler les solutions de continuité ; je rajoute peut-être des détails, des fragments de dialogue, dans une tentative de donner un sens à ce qui n'en a pas, de dicter au chaos un début, un milieu et une fin. Car le temps tente toujours d'exercer sa tyrannie. Dieu ne fut-il pas contraint de l'inventer à l'aube de la création, de peur de voir son esprit condamné à planer sur les eaux ?

Si je mets tant d'énergie à me rappeler mes rêves, ce n'est pas que j'en espère des signes ou des révélations ; ils sont plutôt pour moi une façon de ne pas oublier que la vie ne se réduit pas à l'extrême monotonie de mon existence, et d'éviter ainsi de devenir comme le prisonnier de Chillon, qui finit par aimer son cachot et recouvre la liberté avec un soupir de regret. L'être humain court toujours le danger de s'attacher à ce qui l'enchaîne.

Avec son arsenal de toilettes, de parfums et de crèmes de beauté, Irène est un miroir étincelant venu m'apporter le reflet de ma propre ternissure. Pourtant — elle-même l'avoue —, elle n'est pas aussi belle que les gens le disent. Elle réussit simplement, d'une façon irrésistible et fallacieuse, à produire l'illusion de la beauté. Elle sait comment s'orienter vers la lumière pour faire paraître ses yeux translucides comme des billes de verre, laisser glisser l'ombre de ses cils sur la peau fine de ses pommettes, illuminer la pureté de son front. Ses sourires à peine esquissés, ses hochements de tête, les papillonnements de ses doigts, les inflexions graves de sa voix — autant d'artifices qu'elle a mis des années à mettre au point, et qu'elle ne cesse de soumettre aux épreuves de l'expérience pour les perfectionner jusqu'à ce qu'ils aient l'air naturels, jamais étudiés. Son charme est si subjuguant que j'en oublie parfois de me méfier d'elle.

Ce matin au salon, Irène, en robe d'ottoman jaune citron, était assise dans un mince rayon de jour. Du bout de ses petits ongles lustrés, elle faisait cliqueter ses pendentifs de topaze. Pendant une heure, j'ai eu droit à l'inventaire détaillé des hommes qu'elle a séduits récemment, au répertoire des compliments qu'ils lui ont faits, au sonnet que l'un d'eux a composé en hommage à ses incisives. Et cela n'est pas terminé. J'entendrai la suite demain. Et après-demain. Quelle joyeuse perspective.

«Clara, prête-moi la petite statuette en cristal que t'a offerte tante Hortense. Je te donnerai mes pendentifs à la place.»

Je ne voulais lui prêter ma statuette sous aucun prétexte.

«Edmond a enfermé toutes mes affaires dans son secrétaire, et je n'ai pas la clef. De toute façon, comment pourrais-tu te séparer de tes topazes?

— Pour te dire la vérité, j'aurais besoin de cette statuette pour éloigner la tentation. Marie-Madeleine n'est-elle pas la patronne des pécheresses?

— Quelle singulière idée... et de quelle voix tu l'énonces. D'abord, de quelle tentation parles-tu?

— Je parle de la seule tentation qui compte. Je ne veux pas en être délivrée tout à fait, tu le devines; j'aimerais simplement avoir la force d'y résister davantage, afin de retarder le délicieux moment où j'y succomberai. Il n'y a rien, paraît-il, comme les tourments d'un désir exacerbé pour décupler le plaisir lorsqu'on s'abandonne enfin. Malheureusement, je n'ai jamais la patience d'atteindre ce paroxysme: je ressens à peine un embryon d'émoi que déjà j'accorde mes faveurs. Je suis une femme trop facile, c'est évident... Et je suis assaillie par l'angoisse: j'ai peur de ne jamais avoir accès aux sensations les plus intenses.»

Et, me regardant droit dans les yeux, elle a soufflé:

«Dis-moi, Clara: Es-tu déjà allée au-delà des frontières du plaisir?»

Maudite soit Irène avec ses questions. J'ai pensé aux ahanements d'Edmond, à ses remuements, à ses doigts sur ma gorge, et j'ai rougi comme une communiante. Quelle réaction incongrue. Le mariage, qui aurait dû faire de moi une femme avertie, ressuscite au contraire mes pudeurs de jeune fille. Irène s'est esclaffée, on aurait cru une démente.

«Tu te tais. Et tu baisses les yeux. Ma parole, quelle modestie! Il doit y avoir un abîme entre les choses que toi et moi faisons à la lueur de la lampe.

— Laisse-moi, laisse-moi donc! Y a-t-il au monde quelque chose de sacré pour toi?»

Et voilà Irène se rengorgeant, confortée dans sa conviction d'être la seule de nous deux admise au cénacle de la féminité où elle officie, pantelante, comme quelque prêtresse de Vénus.

«Voyons, Clara, ne fais pas cette tête. Je ne voulais pas t'offenser, je t'assure. À force de rester enfermée, tu t'aigris. Oublie tout ce que je viens de dire et viens plutôt te promener avec moi.»

J'avais très envie de sortir, mais soudainement l'idée de quitter la maison m'a donné le vertige. Je ne sais ce que je suis allée imaginer. Que je me sentirais oppressée par l'immensité du ciel, que j'entrerais en convulsions, qu'Irène rirait de me voir ainsi humiliée. Tout cela a défilé dans ma tête à la vitesse de l'éclair, et j'ai répondu :

«C'est l'heure de ma sieste.

— Eh bien tu n'auras qu'à dormir sur l'herbe si tu es fatiguée. Tiens, ton châle. Vite, nous allons être en retard.»

En retard pour quoi? Avant de sortir, Irène s'est arrêtée devant le miroir, se contemplant d'un air satisfait. Elle est tellement vaniteuse. Au soleil, le jaune citron de sa robe était presque aveuglant. Nous avons marché jusqu'au petit bosquet d'érables. Irène avait chaud et s'est dégrafée. Un cycliste qui passait par là s'est arrêté devant nous et nous a abordées de façon assez cavalière :

«*Salve, o reginæ!*»

Il portait un uniforme d'un bleu rutilant, avec des brandebourgs dorés aux boutonnières.

«C'est un officier, a murmuré Irène. De cavalerie. Un hussard.»

J'ai tourné la tête, espérant qu'il passerait son chemin, mais à la manière dont Irène jouait avec ses pendentifs, j'ai compris qu'elle était très excitée par cette rencontre et qu'elle ne laisserait pas partir le jeune homme. Elle s'est avancée vers lui et d'une main hardie a repoussé une mèche de cheveux qui s'était collée sur son front hâlé et humide. Ils riaient, leurs corps se touchaient presque. Irène m'a bien eue. Ce cycliste, c'était bien sûr l'officier qu'elle avait rencontré chez les Remington. Avant de s'enfoncer avec lui dans le bosquet, elle s'est retournée et m'a lancé :

« Attends-moi, je reviens tout de suite. »

Je suis restée plantée là je ne sais combien de temps, à cueillir des sabots de la vierge — pas de cette médiocre variété jaune qui pousse à Oyster Bay, mais de grosses orchidées au feuillage épais, portant deux ou trois fleurs d'un blanc de neige, avec juste une frange pourpre au bord des lèvres. Combien de fois ai-je attendu ainsi Irène pendant qu'elle allait papillonner ? Je commençais à avoir faim et je voulais rentrer. Je me suis dirigée vers le bosquet, appelant Irène. Entre les érables, le sentier descendait en pente douce jusqu'à un étang. Les oiseaux aquatiques sommeillaient dans l'ombre claire des roseaux. Le silence de midi résonnait de bruits d'insectes. Une odeur fangeuse de têtards et de plantes palustres croupissait dans l'air chaud. Avançant à pas de loup, je me suis cachée derrière un arbre pour épier un couple de libellules qui tournoyait autour d'une souche moussue. Le mâle, vive aiguille bleutée, virait de droite et de gauche, se livrait à une sarabande bizarre et désordonnée, et exhibait la flamme métallique de son ventre de façon suggestive pour attirer l'attention de sa compagne. Conciliante, elle s'est posée sur la mousse. Pendant quelques secondes, il a plané immobile au-dessus d'elle puis, d'un coup, a replié son long corps vers l'avant, a agrippé le cou de l'épousée avec ses pinces terminales et lui a offert le bas de son abdomen à goûter. La femelle s'est exécutée et, à son tour, a recourbé son abdomen pour en appliquer l'extrémité sur la bouche du mâle, qui continuait à faire vibrer ses ailes. Ils sont restés longtemps accrochés ensemble dans ce tête-bêche obscène. Le mâle pâmé s'agitait, la femelle restait catatonique, se contentant de balayer des pattes le fard délicat du thorax bleu de son partenaire. Quand il l'a enfin abandonnée après un long quart d'heure, elle a à peine ébroué son long corps jaune qui scintillait au soleil comme une topaze. Chez les libellules, les femelles ne semblent pas aller au-delà des frontières du plaisir.

Je suis revenue à la maison toute seule. Irène n'est rentrée qu'au crépuscule. Elle avait les yeux brillants, sa belle robe citron était tachée. Elle s'est affalée sur le divan, essoufflée, babillant et caquetant, et racontant comment Henri — c'est ainsi que s'appelle le cycliste — avait voulu l'embrasser.

« T'a-t-il renversée sur la mousse ?

— Sur la mousse ? Où vas-tu chercher des idées pareilles ? »

Où, en effet...

Livre de bord d'Ian Ryder,
capitaine du Nivalis

Cap Sheridan, 25 juin 1895
Lat. et long. inconnues, temp. 35°

La température a atteint 39° hier après-midi. Sur la côte, c'était la débâcle. Des flancs de la falaise, qui s'élève à six ou sept cents pieds, se détachaient de grandes corniches glacées qui s'écroulaient avec fracas dans la mer, disparaissaient dans un nuage de vapeur puis réémergeaient toutes ruisselantes d'eau. Ici, au large, c'était le calme plat. La banquise ne bougeait pas. Le navire figé continuait à pointer vers le nord comme une boussole. Mais pas pour longtemps. Au-dessus de nous, le ciel s'était couvert de nuages annonciateurs de tourmente.

J'ai été appelé sur le pont par monsieur Haeckle un peu après deux heures du matin. L'insomnie, qui me rend maussade et impatient durant le jour, a tout le moins l'avantage de me tenir alerte pour les urgences nocturnes. Un vent d'au moins 50 milles à l'heure s'était levé de l'ouest-sud-ouest et la mer, qui avait commencé à se mouvoir avec lourdeur, menaçait maintenant d'envoyer le navire se fracasser contre les rochers. Toujours prisonniers des glaces, nous ne pouvions tenter aucune manœuvre. J'ai immédiatement fait éteindre les falots pour prévenir les risques d'incendie en cas de naufrage et j'ai rejoint l'équipage, qui attendait avec angoisse l'issue de la tempête.

Soulevée par les vagues, la banquise se fissurait autour de nous et ses floes s'entre-heurtaient violemment. Du choc de ces collisions jaillissaient de spectaculaires arêtes dressant leurs flèches acérées à trente pieds de hauteur. À trois reprises, le navire a manqué d'être écrasé sous l'une d'elles.

«Qu'est-ce que vous attendez? a hurlé monsieur Haeckle. Retournez tous à vos postes!»

Le vent se calmait peu à peu, mais nous n'étions pas au bout de nos peines. Les floes avançaient sur nous comme des locomotives funestes. L'eau affluait de tous côtés sur le pont. Les hommes ne savaient plus où diriger leurs efforts. L'étau des glaces exerçait une pression indescriptible sur le *Nivalis*, qui craquait de toutes ses membrures. Les mâts remuaient violemment. Encore un peu et le navire allait être réduit en miettes. Et puis, au moment où l'on croyait que tout était perdu, la coque ronde, d'un surgissement de moribond, s'est extirpée des glaces. Aussitôt, la banquise s'est refermée sous la quille avec fracas. Le navire s'est retrouvé désemparé sur la banquise, en équilibre précaire sur son flanc tribord. Monsieur Haeckle a marmonné :

«*Il lance sa glace par morceaux. Qui peut résister devant son froid ?*»

Il faudra attendre une éclaircie pour calculer notre position exacte, mais j'évalue que la tempête nous a poussés deux milles à l'intérieur de la banquise. Il semble que le pôle Nord nous attire vers lui et s'apprête à nous dévoiler ses mystères. Quand je suis parti pour cette expédition, mon unique but était d'aller planter un drapeau sur le sommet du globe. Je commence à comprendre que le pôle est une destinée, pas une destination.

Edmond Weiss à Clara Weiss

New Raven, le 27 juin 1895

Mon petit écureuil,

J'expédie les affaires qui me retiennent encore ici afin de rentrer plus tôt que prévu — probablement samedi en matinée. Tu vois, je ne peux rester longtemps séparé de toi. Tu me manques plus que tu ne peux l'imaginer.

Je me doute bien que tu accueilleras cette nouvelle avec le même désappointement que tu manifestes à l'égard de tout ce qui me concerne. Néanmoins, je continuerai à te sacrifier mon existence, même si ce sacrifice n'est jamais reçu avec la gratitude à laquelle j'aurais droit. Toujours, dans la vie, on se désâme pour faire plaisir aux autres, et l'on finit méprisé par les ingrats mêmes que l'on a voulu combler.

Je n'ai pas abandonné l'espoir que tu te réformes, et qu'avec ta guérison, tout redevienne comme avant. Je ne peux plus vivre avec une étrangère qui fixe sur moi des regards condescendants et dont la lèvre se tord de dégoût quand je l'approche. Je suis pourtant le même homme que tu as épousé avec tant d'empressement, et je me rappelle distinctement — bien que tu ne veuilles pas te le faire remémorer — combien tu étais douce avec moi avant notre mariage.

Comme il est facile de t'écrire ces mots que je n'aurais jamais le courage de prononcer en ta présence, de peur de les voir ridiculisés ou dédaignés de ton mépris. J'ai beau tourner et retourner la question dans mon cœur, je ne comprends pas pourquoi tout a basculé entre nous, pourquoi tu t'es refermée comme une huître. Tu dis que tu ne veux pas jeter des perles aux pourceaux. Parfois, il me semble que si tu me rejettes une fois de plus, j'en perdrai la raison.

TON EDMOND

Juillet 1895

Journal de Clara Weiss

Irène est partie. Edmond est revenu. Je l'attendais sur le pas de la porte. Il est entré sans m'adresser la parole, ce qui m'a fait présager le pire. Il a rapporté de la ville un énorme mastiff à la gueule baveuse dont les griffes s'accrochent dans les lattes du parquet. Depuis deux jours, il le dresse à me surveiller. Il sait que j'ai une peur irraisonnée des chiens.

Au fond du jardin, où j'ai enterré les pantoufles d'Edmond, il y a un plant d'aconit — la plante la plus vénéneuse du règne végétal, d'après le *Sylva sylvarum* de Francis Bacon. On raconte qu'un roi indien, dans le sombre dessein d'assassiner Alexandre, lui avait offert en cadeau une superbe esclave nourrie à l'aconit, afin qu'il s'empoisonne par copulation. Loin de moi l'idée de me mithridatiser pour me débarrasser d'Edmond, mais je me demande si quelques feuilles d'aconit dans la pâtée du chien...

J'entends Edmond en bas qui peste en cherchant sa montre et ses pantoufles. Il ne les trouvera pas de sitôt. Ça lui apprendra à m'écrire des lettres infâmes et à me menacer de l'ordonnance de morphine qu'il a soutirée au docteur Clavel.

Cette haine qu'il m'inspire, c'est plus qu'il ne mérite. Pourquoi ne peut-il plutôt me laisser indifférente? Je voudrais ne jamais penser à lui. Mais voilà. Je me sens si isolée, et il est mon seul lien à l'humanité.

Livre de bord du capitaine Ian Ryder

Nivalis, 2 juillet 1895
Lat. 82° 33′ N., long. 62° 20′ W., temp. 3°

Déjà une semaine qu'impuissants nous attendons la débâcle pour que le *Nivalis* soit enfin libéré. Or la température s'entête à rester basse. Nous avons bien essayé de dégager le navire au moyen des torpilles explosives, mais la tempête nous a tellement éloignés de la côte que nos efforts se sont vite avérés inutiles.

À la première éclaircie, j'ai sorti le sextant et le chronomètre pour prendre hauteur. J'ai fait chauffer le mercure dans une patène, mesurant avec exactitude le point où le soleil s'y réfléchissait pour déterminer son élévation — une opération assez pénible pour les yeux, parce qu'il faut l'effectuer sans lunettes à fente, et que les rayons actiniques vous aveuglent momentanément. Nous avons dérivé de deux milles vers le nord et d'un mille vers l'est.

Le plus inquiétant, c'est que les vivres viendront bientôt à manquer. Nos provisions étaient déjà bien entamées, et nous avons dû jeter par-dessus bord des quartiers entiers de morse avarié qui avait rendu les hommes malades. De plus, le steward Dumas a découvert que la réserve de biscuits avait été rongée par les rats. Tous les jours, Cray et Janssen sont sortis sur la banquise pour essayer d'établir un pont de ravitaillement entre le navire et la côte. Mais chaque fois ils ont été arrêtés par des fissures importantes dans la banquise et ont dû rebrousser chemin. Hier, ils ont bien failli être engloutis par l'eau quand la glace a cédé sous leurs pas. Je n'ai d'autre choix que d'imposer à l'équipage la ration quotidienne suivante : six livres de farine, trois pintes de mélasse, une once de beurre, six onces de fruits secs, cinq pintes de riz et quatre onces de viande.

Clara Weiss à Hortense Beaumont

Blackpool, mercredi 3 juillet

Chère tante,

J'espérais qu'Edmond m'apporterait une lettre de vous, mais non. Tout ce qu'il a voulu me dire de votre rencontre, c'est que vous partagiez ses inquiétudes à mon sujet. Je n'en crois pas un mot.

J'ai enfin rencontré notre voisin le sénateur Schulz aujourd'hui. Comme Edmond dressait son chien dans le jardin, je suis allée m'installer devant la maison pour lire le *Journal* d'Albrecht Dürer. Il raconte que durant l'épidémie de peste de 1503, une pluie de sang s'abattit sur Nuremberg. Une jeune fille, surprise par l'averse, trouva sur sa chemise de lin blanc une grande tache écarlate qui formait l'effigie de Marie-Madeleine agenouillée devant le Christ en croix. Dürer affirme que c'est le plus extraordinaire miracle qu'il ait jamais vu.

Quand j'ai levé les yeux, j'ai aperçu sur le chemin un petit vieillard chenu et voûté, qui me faisait signe d'approcher. Il s'est présenté et, de but en blanc, il m'a demandé :

«Dites-moi, madame, croyez-vous à la résurrection des corps?

— Je ne sais pas», ai-je répondu.

Le sénateur a poussé un soupir de déception. J'aurais aimé me rattraper en lui disant que tous les gens qui jardinent croient à la résurrection. Vous le savez comme moi: chaque printemps, quand dans le jardin règne la mort, on craint que jamais aucune vie ne naisse plus des brindilles cassantes, des feuillages noircis. Et pourtant, le miracle arrive: les bourgeons surgissent comme des pompons floconneux au bout de chaque branche, puis c'est au tour des jeunes feuilles translucides, qui laissent passer les rayons de soleil comme des vitraux de cathédrale. J'aurais aimé dire tout cela au sénateur, néanmoins les mots ne me sont pas venus, comme d'habitude.

«Vous savez, a-t-il repris, les scientifiques ont fait grand cas de la force de gravité qui nous maintient au sol. Mais ils ont omis de se pencher sur la force inverse, celle qui propulse vers le haut la lave des volcans, la vapeur d'eau, la sève et le sperme. C'est pourtant la force la plus vitale de l'univers!»

D'après le sénateur, ce phénomène d'antigravité expliquerait pourquoi les secrets et les trésors ensevelis ou engloutis finissent toujours par être révélés. Et comment, au Jugement dernier, les morts seront poussés à sortir de leurs tombeaux.

«Vous êtes-vous déjà demandé, madame, ce qu'il adviendra ce jour-là de ceux dont les corps auront été réduits en cendres? Moi, cette question me trouble. C'est avec mon corps que j'ai vécu, que j'ai aimé, que j'ai connu le plaisir — vous ne saurez jamais à quel point j'ai connu le plaisir. Nous croyons que nos corps sont ce qu'il y a de plus bas en nous, mais c'est un leurre. Ils forment le vaisseau spirituel par lequel se transfusent les âmes des amants. Vraiment, si mon corps ne ressuscite pas avec moi, j'aime autant ne pas être condamné à la vie éternelle.»

Il avait l'air si affligé que j'ai risqué une parole consolante:

«*Post mortem vera voluptas*: on dit que c'est après la mort que l'on connaîtra la vraie volupté.

— Ha! Vous vous décidez enfin à parler. Vous voyez: vous non plus ne pouvez pas échapper à l'antigravité.»

Je voudrais encore vous raconter la suite de cette conversation étrange, mais j'entends Edmond monter. Si je ne fais pas semblant de dormir, il voudra me faire une injection de morphine. Adieu, adieu.

CLARA

Cosmo Remington à Joachim Moss

Mercredi

Cher Joachim,

Tu dois me croire mort ou, pire, insensible à ta condition parce que je ne suis pas encore allé te rendre visite comme je te l'avais promis. Rien n'est plus éloigné de la vérité. Non, non, non, je ne t'ai pas oublié. Seulement, il se trouve que j'ai été pendant deux jours cloué au lit par d'atroces douleurs. Je me suis froissé un muscle du dos de la façon la plus stupide qui soit — en soulevant une lourde bassine de cuivre dans laquelle je

faisais des confitures de fraises. Au moindre mouvement, j'avais la sensation de recevoir un coup de poing
sous l'omoplate. Incapable de me lever, de me laver ou
de m'habiller, j'étais comme un nourrisson entre les
bras de maman, qui a annulé un récital pour prendre
soin de moi. Elle a fait semblant que tout cela la contra-
riait beaucoup, mais la délectation qu'elle prenait à me
voir retombé sous sa coupe était tellement évidente.
Comme la mère d'Achille, elle me retient par un talon
qui restera toute ma vie mon point le plus vulnérable.

Tu recevras bientôt la visite d'Irène, qui a passé la
semaine à Blackpool. Elle n'a pas beaucoup apprécié
son voyage en train : figure-toi qu'au retour, les passagers ont été saisis de frayeur lorsque des blocs de
granit sont tombés en grêle sur le toit des wagons. Papa
sait bien que son tunnel est dans un état déplorable et
représente depuis quelque temps un grave danger pour
les usagers de son chemin de fer, pourtant il ne fait rien
pour le réparer tant il a horreur de dépenser de l'argent.
Il devrait plutôt songer aux estivants qui se rendront à
Oyster Bay cet été !

Je ne peux passer à la clinique aujourd'hui, car j'ai
rendez-vous à la banque. Autant te l'avouer, j'ai revu
Rakham hier. Comme une teigne, je l'ai harcelé et, au
bout de trois heures de palabres, j'ai réussi à le convaincre de me céder ses médailles — pour une somme
astronomique, il va sans dire, une somme que j'aurais
honte de dévoiler et que je n'ai pas toute en ma possession. Mais je suis prêt à m'endetter s'il le faut, à grever
mon héritage, bref, à me livrer à toutes les bassesses
pour acquérir ces médailles.

Je sais, je sais : mes économies devaient servir à couvrir les frais de ton opération. Il nous faudra mainte-

nant trouver une autre solution. J'ai demandé à maman si elle ne pouvait pas t'aider, mais tout son capital est immobilisé. Je pourrais, en dernier recours, faire appel à papa, mais je n'ai pas le courage de l'affronter. Il croit que tu n'es qu'un frelon qui a déjà assez vécu à nos crochets. S'il apprenait que j'ai offert de payer tes dettes, il entrerait dans une autre de ses colères et ne manquerait pas de couper mon allocation. J'ai entendu dire que le docteur Clavel faisait certains arrangements avec ses patients impécunieux. Pourquoi ne lui en glisses-tu pas un mot? Je me sens ignoble de te laisser tomber, mais je t'avais mis en garde: je suis un homme mou et sans principes. Ne m'en veux pas trop,

COSMO

Hortense Beaumont à Clara Weiss

New Raven, jeudi 4 juillet 1895

Chère Poucette,

Si je ne t'ai pas répondu plus tôt, c'est que mes arbres m'ont passablement accaparée. J'ai à peine eu le temps de voir Edmond, la semaine dernière. Il ne semblait pas encouragé par ton état de santé. Il doutait même que vous puissiez venir passer le mois d'août à Oyster Bay. Balivernes, lui ai-je dit, votre séjour à la mer serait beaucoup plus profitable si vous étiez installés chez moi.

Blackpool est devenu tellement sinistre avec les années... Dire que, dans ma jeunesse, toute la vie estivale gravitait autour du domaine de Lazare Schulz (qui n'était pas encore sénateur à cette époque). On venait de partout pour assister à ses fêtes : il y avait des tournois de tir à l'arc le matin, des régates l'après-midi, des feux d'artifice le soir... Le rêve de toute jeune fille, moi y compris, était d'avoir la permission d'y aller. Mais nos parents hésitaient à exposer nos âmes innocentes à la conduite des Schulz, qui passaient pour être parfois inconvenants. J'avais entendu ma mère chuchoter à ma tante, alors qu'elle me croyait absorbée par ma lecture, que même après vingt ans de mariage, monsieur et madame Schulz se comportaient comme s'ils étaient encore en voyage de noces. L'indiscrétion de quelque domestique avait en effet révélé que madame était constamment sur les genoux de monsieur, et qu'ils interrompaient fréquemment leurs repas pour remonter en hâte dans leur chambre, d'où il leur arrivait de ne pas sortir pendant des jours.

Je me rappellerai toujours la fois (la seule) où mes parents acceptèrent de m'amener au domaine. C'était en 1867, l'année de la Confédération, j'allais sur mes seize ans. J'étrennais une robe bleu ciel un peu frivole peut-être, sûrement trop pour une enfant de mon âge. Ce n'est pas sans émoi que je fis mon entrée dans le parc à la lueur des lanternes chinoises et que je suivis la foule vers la plage, où notre hôte avait conçu un divertissement sur le thème de la traversée du Styx dans une grotte marine, illuminée pour l'occasion.

Je marchais derrière madame Schulz. Au moment où son époux la vit, il se précipita vers elle pour baiser le bas de sa robe. Cela m'apparut comme le comble de la sensualité et je mis des semaines à m'en remettre. Je ne connaissais pas grand-chose de la vie à cette époque, et j'admets que j'étais fort impressionnable. Néanmoins, je dois te dire que même une femme avisée aurait eu l'imagination exaltée par un tel spectacle. Je ne crois pas exagérer en affirmant que, de ma vie, jamais je n'ai rencontré deux êtres aussi éperdument amoureux. Ils se tinrent enlacés toute la soirée, sans jamais détacher leurs regards l'un de l'autre, et moi je ne cessais de les admirer, au dam de ma mère. Il faut dire que le sénateur était bel homme et que madame Schulz était la plus ravissante personne de la région. Peut-être avait-elle été élevée trop librement, toujours est-il qu'il y avait dans ses yeux noirs quelque chose de sauvage et d'indompté, un éclat presque trop brillant. J'aurais tellement voulu être comme elle.

Je ne l'ai revue qu'une fois, il y a plusieurs années de cela. Elle entrait à l'hôtel Hibernia avec le sénateur. Le temps n'avait pas réussi à tiédir leur ardeur, mais leur avait fait subir ses outrages. Elle, surtout, avait beaucoup changé. Elle était maigre, livide, la flamme dans ses yeux s'était étiolée. Quelques semaines plus tard, j'appris qu'elle s'était éteinte tout doucement chez elle.

Quand j'ai lu ta lettre, je me suis dit que le sénateur ne s'était probablement jamais remis de la mort de sa femme, sinon il ne se complairait pas tant dans la morbidité. Je crois avoir aimé ton oncle sincèrement, mais une fois qu'il a été enterré, j'ai laissé la vie reprendre son cours. La mémoire, fort heureusement, est une faculté qui oublie...

Sur ce, je te laisse. Prends soin de toi. Je compte bien te retrouver rose et dispose à Oyster Bay.

Ta tante qui t'adore,

HORTENSE

Journal de Clara Weiss

Un rêve. J'entre dans un salon illuminé où une foule de gens sont réunis pour célébrer mon mariage. On me présente à la suite plusieurs coupes de champagne dont les pieds trop délicats ne cessent de se casser. Quand je parviens finalement à tremper mes lèvres dans le vin glacé, la coupe se brise entre mes dents et j'ai la bouche pleine d'éclats de cristal.

Ce mariage de cauchemar que je n'arrive pas à consommer me rappelle trop bien mon véritable dîner de noces. C'était il y a presque un an, à l'hôtel Hibernia. Le capitaine Ryder s'était décommandé et nous étions treize à table. Un bien mauvais présage. Edmond était debout, un verre à la main. Il montrait à tout le monde la bague qu'il m'avait offerte. J'avais peine à cacher mon dépit. Le brillant était rond, alors que dans *Le Parfaict Ioaillier*, Boece de Boot écrit clairement que « *la plus noble façon de tailler le diamant est cruë estre la quarrée* ». Quand Edmond s'est penché pour m'embrasser, je me suis reculée, heurtant son verre qui a volé en éclats. Il est resté interdit, tout le monde s'est tu, Irène m'a regardée d'un air narquois. Je me suis sauvée sur la terrasse. Je ne m'étais jamais sentie aussi malheureuse de ma vie. Soudain, j'ai entendu la voix grave d'Edmond qui me demandait pardon dans la familiarité de la nuit. Il me demandait pardon! C'est incroyable comme le mariage peut changer un homme.

Quand je l'ai connu, il semblait si détaché des considérations physiques. Une des premières choses qu'il m'ait déclarées, c'était que pour lui, la science avait plus de charmes que les femmes :

«Encore que vous ne me paraissiez pas laide, je ne trouve pas de beautés comparables à celles de la Nature.»

On peut dire qu'il avait vraiment le don de faire un compliment. Je ne m'en formalisais pas. Sa crudité avait à tout le moins le mérite de me changer des calculs sournois des autres hommes, qui m'abordaient uniquement pour que je leur présente Irène. Dans les soirées, ils tournaient autour d'elle, sollicitant ses impressions sur des sujets qu'elle ne connaissait pas, réclamant son opinion sur des questions auxquelles elle n'entendait rien. Elle leur répondait des âneries qu'ils buvaient avec enthousiasme et approuvaient sans discernement. Qu'est-ce qui leur prenait? Avaient-ils perdu la raison? Et pourquoi m'ignoraient-ils, moi qui aurais pu les éblouir de mon érudition, si seulement j'avais eu l'audace de parler? Je me croyais plus fine qu'Irène, mais j'en ai mis du temps à comprendre que tous ces godelureaux n'en avaient que pour les charmes de ma sœur et se fichaient pas mal du reste.

Edmond, lui, n'avait même jamais remarqué Irène. Il semblait parfaitement satisfait de ma compagnie, et j'étais flattée de lui servir de déversoir lorsqu'il discourait sur les phénomènes naturels. Il m'a séduite en m'expliquant ce que sont les cercles de fées. J'avais toujours entendu dire que ces anneaux de terre battue étaient les empreintes des rondes auxquelles se livrent les fées. En fait, ils sont causés par un champignon, le *Marasmius oreades*, qui se propage en ondes concentriques, comme des ronds dans l'eau.

Aujourd'hui, je sais à quel point le répertoire d'Edmond est limité mais, à cette époque, la somme de ses connaissances me semblait sans fin. Je croyais que l'admiration pouvait remplacer l'affection entre deux êtres. Je n'avais pas prévu l'érosion du quotidien, qui creuse des gouffres sans fond dans le relief des sentiments. Voilà où ma naïveté m'a menée.

Livre de bord du capitaine Ian Ryder

Nivalis, 6 juillet 1895
Lat. 82° 33′ N., long. 62° 20′ W., temp. 15°

Combien de temps pourrons-nous encore tenir? Les rats ont fini de dévorer le peu de nourriture qu'il nous restait. Le steward Dumas a essayé de les empoisonner à l'arsenic, mais rien n'arrête leur prolifération. On les trouve jusque dans la paille des matelas. Monsieur Haeckle a été mordu à l'os par une rate qui avait installé sa nichée au fond de sa botte. Nous tentons maintenant de les enfumer en brûlant du caoutchouc. L'odeur est intolérable et nous devrons ce soir dormir sur le pont. Pour préserver notre précieux butin de la fumée, les hommes ont sorti de la cale les cornes de narval, les peaux d'ours et d'isatis, l'ivoire de morse, qui valent bien cent dollars pièce et que nous avons échangés aux Esquimaux contre quelques sous de fer-blanc. Ils ornent maintenant les rambardes, faisant ressembler le *Nivalis* à un cimetière boréal.

Le docteur Nansen est venu me rejoindre sur la dunette. Il m'a confié qu'il a peur de mourir ici. Il en est à son premier voyage dans le Nord, et il a laissé à New Raven une femme et un petit enfant. Je sais avec quelle force les attachements peuvent nous retenir captifs et nous inciter à regarder en arrière, néanmoins je l'avais bien averti avant le départ : personne ne devrait s'aventurer en Arctique avant d'être absolument sûr de soi. Ici, la vie est une lutte constante contre la peur, et si un homme ne peut la dominer, il est perdu. La peur ne disparaît jamais pour autant. Jamais. Toujours sa rumeur reste audible dans le silence des glaces. Mais si au lieu de la fuir on va au-devant d'elle, si on l'inhale à pleins poumons pour qu'elle entre en soi et se diffuse dans tout le corps, alors on parvient à l'assimiler. Elle devient alors le guide qui permet de ne jamais perdre le nord.

Ce pauvre Nansen aurait moins hâte de rentrer s'il savait combien peuvent être amers les retours à la civilisation. Parce qu'on lui fait un accueil triomphal, l'explorateur s'imagine qu'on l'attendait impatiemment. En vérité, tout le monde l'avait un peu oublié. On l'ovationne pour la forme, on lui pose quelques questions, on lui remet les clefs de la ville. Le lendemain de son arrivée, il n'intéresse déjà plus personne. Sauf les fous, bien entendu. Je me rappelle avoir reçu, après ma première expédition, des dizaines de lettres aussi insensées les unes que les autres. Un homme m'accusait d'avoir révélé sa recette de glace artificielle au président du pôle Nord. Un autre voulait me vendre une combinaison doublée de viande séchée conçue pour la survie en régions boréales. Une femme me demandait de l'initier aux pratiques sexuelles esquimaudes.

Mais pour moi, la pire mortification a été de me rendre compte que j'avais perdu tous mes moyens en rentrant au Sud. Après des mois de silence en mer, les mots ne venaient plus et les conversations — surtout avec les femmes — étaient terrifiantes.

Clara, *clarissima in cælo*... Voilà plus d'un an que je l'ai vue apparaître dans les jardins de l'hôtel Hibernia, avec sa robe cramoisie et ses cheveux noirs qui claquaient au vent comme un drapeau de pirate. Gauche, épineuse, maussade, sans une seule des grâces de son sexe. Les autres étaient peut-être dupes de cette dissimulation, pas moi. Sa féminité me crevait les yeux. Je devinais derrière sa raideur un refus inflexible de se plier aux artifices du charme, de se laisser corrompre par les exigences de la séduction. Une guêpe tournoyait près de sa nuque. Je me suis avancé pour la chasser et Clara a murmuré entre ses dents :

« Ne me touchez pas. »

Il y avait tant de froideur dans sa voix que j'en suis resté pétrifié. J'ai pensé :

« C'est elle, l'étoile polaire qui me guidera au retour. »

Je n'avais pas de temps à perdre. Il fallait coûte que coûte l'empêcher d'épouser Edmond Weiss, la supplier de m'attendre. J'ai rassemblé mon courage. J'étais ému à en trembler, tourmenté par le doute devant son attitude lointaine. J'ai pris mon souffle, j'étais sur le point de parler... J'ai bégayé quelques syllabes inaudibles, et je suis retombé dans mon silence.

Cosmo Remington à Joachim Moss

Dimanche

Cher Joachim,

Je ne pourrai pas aller te voir aujourd'hui. Pour que tu ne t'ennuies pas trop, je t'envoie ma copie des œuvres de Martial. C'est rempli de mots hilarants, je te l'assure :

fellator, masturbator, ancillariolus (coureur de servantes), *lecticariola* (friande de porteurs de litière). J'y joins l'*Apocolocyntosis divi Claudii* (La Citrouillification du divin Claude) de Sénèque, où tu trouveras, si je ne m'abuse, une très jolie discussion sur les vertus de la sodomie dans une chambre lambrissée de miroirs grossissants. Tu seras peut-être étonné d'apprendre que l'Antiquité connaissait déjà ces accessoires. Il s'avère néanmoins que les loupes sont une invention très ancienne. C'est le sculpteur Rakham qui me l'a appris quand je suis enfin allé prendre possession des six médailles que je lui ai achetées. Il m'a montré les lentilles que lui-même utilise pour sculpter ses figurines. Elles m'ont fait penser à l'histoire du type myope qui s'acheta un jour sa première paire de lunettes — et s'enfuit à toutes jambes de sa femme le lendemain matin.

Ne sois pas dupe du ton un peu désinvolte de ce début de lettre. En vérité, rien ne me distrait de la peine que j'éprouve à te savoir fâché contre moi. Inutile de protester : comment expliquer autrement le fait que tu ne m'écrives pas plus souvent ? Je n'ai pas compris pourquoi d'abord, puis je me suis dit : « Si par hasard c'était une question d'argent. » J'ai eu le très grand regret d'apprendre un propos que tu as tenu sur mon compte à Irène, propos qui est venu confirmer mes soupçons. Comme il est bas et vil et ignoble de parler d'argent, et comme je déteste en prononcer le nom. Néanmoins, si vraiment tu m'en voulais d'avoir dépensé toutes mes économies chez Rakham, tu aurais pu me le faire savoir, tout simplement. Ç'aurait été une douceur pour moi d'accepter tes remontrances. Au lieu de cela, voilà que je te découvre rancunier.

J'ai peut-être commis l'erreur de penser que tu comprendrais l'impossibilité dans laquelle je me trouve de remplir une promesse que je t'ai faite dans un moment où je n'en saisissais pas bien les implications financières. Comment pouvais-je deviner qu'aux honoraires de Clavel s'ajouteraient une pension de cinq dollars par jour, la rémunération de l'infirmière, les frais de médicaments et d'hospitalisation? Je t'ai bien expliqué que je n'ai pas le sou; mes piges du journal donnent trois fois rien et la petite pension que me verse mon père est toujours croquée le deux du mois. Il menace d'ailleurs de la diminuer. Son avarice empire chaque jour. Il passe maintenant ses journées au lit. Le lit, dit-il, est le lieu le moins cher qu'il connaisse: dès qu'on se lève, les dépenses commencent.

Je ne souhaite toutefois pas te voir dans la gêne et, comme je touche chaque trimestre mes coupons de rente de la Remington Corp., je crois que je pourrais arriver à te les donner si tu as besoin d'argent après ta convalescence — mais il ne faudrait absolument pas que papa l'apprenne. Il entrerait dans une de ces épiques colères qui me laissent infailliblement médusé. Tu ne pourras malheureusement pas revenir chez nous. Bien sûr, New Raven ne manque pas d'âmes charitables qui seraient prêtes à t'accueillir, mais il serait plus sage de prendre pension chez quelqu'un, ce qui te coûtera au bas mot deux dollars par semaine. Fais-moi toutefois la faveur de ne pas louer une des chambres de madame Sandborne; je me suis mis mal avec son époux le colonel, et j'ai bien peur que sa porte ne me soit à jamais condamnée. Je ne voudrais pas être réduit à te regarder de loin, comme les *pœderotas*, ces serpents de Malabar qui se tiennent aux abords des terrains de jeu, le cou dressé, pour épier les garçons.

COSMO

Clara Weiss à Hortense Beaumont

Blackpool, lundi 8 juillet

Chère tante,

Depuis quelques jours, Edmond me mène promener du côté du village. Il prétend que c'est pour aller herboriser, mais ce qu'il aime surtout, après un bon après-midi passé à injurier les plantes en latin, c'est d'aller taquiner le poisson dans la baie. Rien n'égale en pure platitude le spectacle d'un botaniste à l'œuvre, si ce n'est celui d'un pêcheur à l'œuvre. Mais je ne peux pas me plaindre : au moins Edmond n'amène pas son mastiff, qui effraierait le fretin.

Sur la route, il me fait marcher devant, et il suit à dix pas derrière afin que nous ne soyons pas tentés de parler ; car si nous parlions, nous devrions respirer par la bouche ; si nous respirions par la bouche, nous inviterions les quintes de toux et les congestions pulmonaires. Par conséquent, nous marchons séparément et respirons par le nez. Si j'avance un peu trop vite, Edmond n'a qu'à tirer d'un coup sec sur ma laisse pour me retenir. Vous avez bien lu : il m'attache la laisse de cuir de son mastiff autour du cou. J'en ai la nuque toute meurtrie.

Nous ne nous rendons jamais jusqu'au village. Nous nous arrêtons au cimetière abandonné où sont enterrées les trois ou quatre familles qui fondèrent Blackpool. C'est un endroit très paisible, caché sous les amélanchiers et les bouleaux. Edmond ne me laisserait jamais venir ici toute seule. Il croit que les tombes moussues me rendent morbide. Je ne suis pas morbide. Simplement, j'aime ces stèles ornées de croix, ces sarcophages qui semblent s'enfoncer dans le sol, ces dalles couvertes d'épitaphes.

La cueillette des champignons est une activité beaucoup trop ardue pour moi. J'en ai assez au bout d'une demi-heure et je laisse Edmond herboriser tout seul — la botanique étant, après tout, une activité méditative qu'il est préférable de pratiquer en tête à tête avec la nature. Je vais m'étendre comme une gisante sur un étrange monument funéraire : une grande table de pierre posée sur quatre pieds carrés. Je ne sais pas quel bienheureux repose sous ce dais tumulaire. L'inscription en a depuis longtemps été rongée par le lichen blanc qui macule la pierre.

Les lichens sont autrement intéressants que les pitoyables champignons d'Edmond. S'ils n'ont pas la douceur moelleuse des mousses, en revanche ils sont imputrescibles et presque immortels : leur âge se compte non seulement par siècles mais encore par millénaires, et on a déjà vu certains spécimens, oubliés quinze ans au fond d'un tiroir, revenir à la vie après avoir été humectés. Nos brèves existences doivent leur paraître comme une étincelle. Vous qui comprenez le langage des arbres, imaginez quels bénéfices vous tireriez d'une conversation avec eux ! Pour s'alimenter, ils sécrètent une substance qui dissout la roche, et même le granit le plus dur. Certains, comme l'*Usnea humana*, préfèrent s'attaquer aux crânes exposés à l'air. Je me demande si la statuette que vous m'avez donnée ne serait pas justement rongée par un lichen. Ce serait désastreux car, une fois les lichens incrustés, pas moyen de s'en débarrasser : plus on les lave, plus ils deviennent robustes.

Dans le Grand Nord, les lichens représentent la plus importante forme de végétation. Le gel, le vent, la sécheresse, l'obscurité ne les affectent pas. S'ils sont si résistants, c'est qu'ils ne sont pas un seul être, mais deux : une algue et un champignon vivant en symbiose. Pour le meilleur et pour le pire. L'algue apporte en dot sa chlorophylle, le champignon pourvoit le ménage de sels minéraux et d'un toit protecteur. Cette symbiose, bien qu'efficace, est loin d'être idyllique. L'algue est prisonnière du champignon. Si elle ose prendre trop d'expansion, son époux la remet à sa place ; si elle s'entête dans son indocilité, il peut aller jusqu'à l'étouffer dans ses filaments. Il n'y a pas de mariage heureux.

Le lichen du cimetière de Blackpool est blanchâtre et s'étoile sur la pierre, formant des motifs qui rappellent les arborescences du givre. Il dégage le même parfum de braise sucrée que l'eau d'érable. Edmond croit qu'il s'agit du *Lecanora esculenta*, un lichen comestible qui serait la manne que les Hébreux de l'Exode trouvèrent dans le désert, ce *quelque chose de floconneux comme du givre, et qui avait le goût d'un gâteau au miel*. J'ai mes doutes. Hier, j'y ai goûté en attendant Edmond — une, deux, puis trois petites hosties dentelées qui craquaient sous la dent et avaient un goût de remède édulcoré. Si c'était cela, la manne, les Hébreux ont dû la trouver bien indigeste. Parce que je me suis sentie vite intoxiquée. Cela a commencé par un léger vertige, qui s'est rapidement transformé en lourdeur de tête. Une brûlure secrète a peu à peu envahi mes poumons, m'écorchant la plèvre. Cette sensation dévorante s'est propagée à mes bras, et une sorte de vapeur s'est mise à émaner de mon corps et de mes membres, comme si je sortais d'un bain chaud dans une atmosphère glaciale. Je me suis bientôt trouvée enveloppée d'un halo blanc ; je ne voyais plus le cimetière, je ne voyais même plus mes mains. Pour un peu, je me serais crue entourée de fantômes, comme si en mangeant le lichen eucharistique nourri à même les dépouilles du cimetière, j'avais appelé l'au-delà. Ne dit-on pas qu'Artémise a réussi à communiquer avec son défunt époux, le roi Mausole, en mangeant ses cendres ? Edmond m'a trouvée dans un état un peu halluciné. Il est persuadé que j'ai éprouvé cette aura qui envahit les hystériques avant une crise. Je dois plutôt me rendre à l'évidence que mon mari n'est qu'un botaniste de deux sous, tout à fait incapable d'identifier correctement les plantes.

Bon, voilà qu'il hurle mon nom au bas de l'escalier. Qu'ai-je fait encore ? Je dois vous laisser.

CLARA

Livre de bord du capitaine Ian Ryder

Nivalis, 9 juillet 1895
Lat. 82 ° 33′ N., long. 63 ° 52′ W., temp. –17 °

La température a chuté de vingt degrés cette nuit. À l'aube, les cordages et les rambardes, déjà trempés par les floches de brume, étaient recouverts d'une fine couche de glace, et le pont était une patinoire. Le navire a pris l'aspect d'une cristallerie fragile qu'un soupir ferait voler en éclats. Mes vêtements, toujours un peu humides, se sont congelés sur moi et me font une sorte d'armure. Transi de froid et de faim, j'attends.

Les heures n'avancent pas. Les hommes arpentent le navire nuit et jour comme les internés d'une maison de fous. Ils ne prennent même plus la peine de raser leur visage noirci par les engelures. Ils murmurent entre eux et se taisent à mon approche, ricanent dès que je m'éloigne. J'imagine les pires conspirations. Hier soir, le thé m'a semblé un peu amer et j'ai soupçonné le steward Dumas de l'avoir empoisonné à l'arsenic.

Combien m'accable cette promiscuité avec des êtres que je tiens, finalement, en aversion. Le seul dont la présence m'est tolérable est ce pauvre Haeckle, confiné au lit depuis deux jours : la morsure de rat s'est infectée, son pied s'est gangréné, le docteur Nansen a dû l'amputer. Toujours harcelé par l'insomnie, je ne refuse jamais de veiller à son chevet. Durant les éclaircies de la morphine, il me raconte ses chasses au rorqual sur les côtes du Spitsberg, puis retombe dans un profond sommeil. Je lui envie ces instants d'inconscience où il oublie, ne serait-ce que quelques heures, l'atmosphère sinistre de ce bateau. Le docteur Nansen a proposé tout à l'heure de me faire une injection de morphine pour m'aider à dormir. Je suis tenté d'accepter.

Joachim Moss à Cosmo Remington

Cher Cosmo,

Vous avez eu raison de me faire des remontrances. J'ai été ingrat envers vous. J'avais si peur du docteur Clavel. Cet après-midi, j'ai été convoqué à son bureau. On m'y a conduit en fauteuil roulant. Jamais je n'ai trouvé trajet plus long. Il faut dire que la clinique est très grande. Il a fallu d'abord traverser la salle des malades pour aller prendre le petit ascenseur qui se trouve à côté de la chapelle. L'ascenseur était en dérangement et ne s'est pas arrêté au bon étage. Nous nous sommes retrouvés au sous-sol, où sont les archives, les cuisines et la buanderie. Nous avons dû remonter à pied au rez-de-chaussée, nous frayer un passage entre les visiteurs massés dans les salons et le fumoir, dépasser la pharmacie et les salles d'examen pour enfin rejoindre l'autre ascenseur, celui destiné au transport des médicaments et de la nourriture. Le docteur n'était pas à son bureau, et nous avons parcouru les corridors donnant sur les salles d'opérations et de réfrigération à sa recherche. J'étais frigorifié, parce que cet étage est maintenu à très basse température au moyen de glacières. Nous avons trouvé le docteur dans son laboratoire, s'affairant sous une cheminée à auvent.

Je m'attendais à de la colère, à des menaces de poursuites en justice. Eh bien, non. Le docteur s'est montré compréhensif. Il m'a proposé un arrangement auquel je ne pouvais que consentir : il est prêt à effacer ma dette en échange de mon seing au bas d'un document stipulant que mon corps sera légué à la clinique au moment de mon décès. Voyez comme tout s'arrange. Vous n'avez plus à vous en faire pour ma situation financière. Néanmoins, j'ai encore l'esprit inquiet : comme je n'ai aucune garantie de recouvrer toute ma coordination, l'avenir de ma carrière musicale semble bien précaire. Qui s'occupera de moi si je ne suis plus en mesure d'assurer ma subsistance ?

Votre ami dévoué,

JOACHIM

Irène Beaumont à Clara Weiss

New Raven, le mercredi 10 juillet

Chère Clara,

Quand tu recevras cette lettre, j'imagine que tu auras déjà appris par les journaux — mais peut-être ne les lis-tu pas — la terrible catastrophe qui s'est abattue sur notre petite ville. Il était à prévoir que le tunnel s'effondrerait tôt ou tard mais, en vérité, personne ne s'attendait à un aussi terrible accident. Les moins malheureux sont certainement ceux qui sont morts sur le coup, broyés par les décombres. Quant aux autres, qui ont été enterrés vivants, leur lente agonie a dû être horrible. Il me semble les entendre hurler la nuit.

On n'a pas encore retrouvé tous les corps, bien sûr, et il se peut que quelques-uns aient survécu à l'accident, mais il sortait du tunnel une fumée si dense que cela est peu probable. Toute notre communauté est en deuil. Demain soir, les enfants défileront dans les rues à la lueur des cierges en mémoire des disparus. Je ne peux m'empêcher de penser à tous ces braves gens que je ne reverrai jamais plus : le professeur Beauregard, la vieille mademoiselle Sonnenfeld... Je m'ennuierai même de notre hargneux voisin, le colonel Sandborne, qui ne cessait de se plaindre à monsieur Remington du mauvais état de son chemin de fer. Dire que j'ai failli subir le même sort qu'eux, quand j'ai emprunté le tunnel il y a deux semaines. Que serais-tu devenue sans moi, ma pauvre Clara ?

Je ne sais trop comment poursuivre cette lettre. Ma visite n'a pas donné lieu au rapprochement que j'aurais souhaité et, en te faisant mes adieux, je t'ai sentie encore plus distante et hostile qu'avant. J'en ai été très peinée. Je déplore la raideur — non, pas la raideur, ni la rigidité, je ne trouve pas le mot juste, enfin... tu comprendras — qui caractérise nos rapports. Je me montre souvent un peu condescendante, je l'admets, mais n'as-tu pas tes torts toi aussi ? Il y a quelque chose d'éteint en toi, quelque chose d'assourdi qui n'arrive jamais tout à fait à vibrer, à s'animer. Rappelle-toi comme tu t'exerçais autrefois à contenir tes élans de joie et de colère pour te donner l'air digne des douairières ; c'était ta façon de te sentir supérieure, j'imagine. Tu as beau te plaindre de l'existence « morne et sans éclaircies » que t'a imposée Edmond, je me demande si elle ne te soulage pas plus qu'elle ne t'opprime.

Quand tu auras terminé ta cure et que tu reviendras en ville, tu ne pourras plus rester emmurée dans ton cloître. Tu seras bien obligée de sortir dans le monde et de réapprendre à séduire, que tu le veuilles ou non. Cette récalcitrance dont tu fais montre à l'égard de ce qui est pourtant l'un des plus distrayants avantages de la condition féminine, c'est le défaut le plus rédhibitoire de ton caractère, et j'ai honte pour toi lorsque tu te recroquevilles dans un coin toute la soirée pour ne pas être vue. Tu n'as jamais compris qu'une femme ne saurait être appréciée, désirée et, à plus forte raison, aimée sans compromis, sans avoir recours à certains artifices, sans faire usage de certains charmes qu'elle ne possède pas toujours mais qu'il est fort aisé d'apprendre. Cette règle vaut aussi pour celles qui cherchent à conserver l'amour de leur époux, il va sans dire. Prépare-toi donc à assister à des bals que tu détesteras mais qui te seront salutaires, à apprendre les nouvelles danses — le york, le berlin, le loemo... Et puis, je t'en supplie, cesse de porter tes cheveux en bandeaux!

Je ne veux pas te faire la leçon, d'autant plus que j'envie parfois ta rigueur morale. Toi, au moins, tu ne connaîtras jamais la misère d'être l'esclave de ses passions. Puis-je te faire une confession? Je suis dans un état fébrile. Depuis un certain temps, Cosmo ne cesse de me rebattre les oreilles de Rakham, et tu sais quelles résonances ce nom éveille en moi. Je croyais avoir réussi à l'oublier, m'être mise à l'abri de son influence; il y avait une faille dans ma résistance, qui laisse aujourd'hui filtrer d'anciens souvenirs, ou plutôt d'anciennes sensations auxquelles il m'est difficile de résister. J'y pense nuit et jour. Un seul mot de Rakham, et je succomberais sur-le-champ. Il n'y a que le repentir, le véritable, qui pourrait me sauver, mais au fin fond de moi, je ne veux pas me repentir, je ne veux pas être sauvée. Je n'attends que le délicieux moment où je retomberai. Que faire? Que faire?

I.

Livre de bord du capitaine Ian Ryder

Nivalis, 10 juillet 1895
Lat. 82 ° 33′ N., long. 62 ° 20′ W., temp. – 3°

J'ai cru qu'il s'agissait d'un cauchemar déclenché par la morphine que m'a administrée hier le docteur Nansen. Je pouvais à peine ouvrir les yeux, ma tête était lourde comme un boulet de canon, ma gorge atrocement sèche. Ma cabine semblait avoir été pétrifiée par le jour blafard qui filtrait par le hublot tapissé de givre. J'étais si groggy que j'ai mis quelque temps à réaliser que cette atmosphère d'irréalité venait non pas de la lumière, mais du silence qui régnait sur le bateau. Un silence de mort. Aucun bruit de pas sur la passerelle, aucun éclat de voix dans la coursive. Je me suis levé avec difficulté, me suis habillé à moitié et suis sorti sur le pont. Personne n'était à son poste. Personne non plus dans la cuisine, la chaufferie, la soute à charbon ou la sentine. Agité, la tête en tumulte, j'ai commencé à fouiller les cabines. Je les ai toutes trouvées vides, sauf la dernière, où ce pauvre Haeckle était en train d'agoniser. J'ai voulu aller lui chercher de l'antipyrine, pour faire baisser sa fièvre, mais il n'y avait plus rien dans la réserve : plus de médicaments, plus de vivres, plus de kérosène, plus de munitions.

Je comprends maintenant l'empressement de Nansen à me donner de la morphine. Les hommes ont profité de mon sommeil pour nous abandonner, monsieur Haeckle et moi, à notre sort. Ils ont déserté le navire, ils sont partis avec armes et bagages, sans oublier bien sûr l'ivoire et les fourrures. Même les cahiers contenant les observations scientifiques ont disparu.

J'ai retrouvé leurs traces sur la banquise. Pauvres fous. Dans leur égarement, ils se sont orientés sur le soleil, oubliant que sous ces latitudes où convergent les méridiens, tous les points cardinaux se confondent. Ils se dirigent droit vers le nord-est. Ils ne rejoindront jamais la côte. J'espère qu'ils réaliseront leur erreur avant qu'un malheur ne leur arrive.

Je marche de long en large sur le pont, capitaine d'un vaisseau fantôme ayant pour tout équipage des rats et un moribond. Jamais je ne me suis senti aussi impuissant, mais l'impuissance peut se révéler une force terrible.

Journal de Clara Weiss

Jeudi 11 juillet

Un cauchemar, comme j'en fais maintenant des centaines. Je marche dans un vallon où paissent des agneaux. D'un bosquet surgit un grand loup gris. Je gravis la colline pour m'échapper mais l'animal me rattrape au sommet. Il approche lentement sa tête de mon visage. Je suis pétrifiée par ses yeux brillants, fascinée par ses crocs luisants. Il se met à lécher ma joue avec tant de force qu'il me renverse sur une table de pierre. Son poids sur ma poitrine, sa fourrure sur mon visage m'empêchent de respirer. Il disparaît, je reste seule sur le colline. Je m'assois sur une chaise d'enfant et me berce, comme si rien n'était arrivé.

Les anciens disaient que les songes heureux sortent du palais du sommeil par une porte d'ivoire et que les songes désagréables sortent par une porte de corne. Ce

rêve-ci est assurément sorti par une porte de corne.
J'aurais dû me douter qu'il n'augurait rien de bon pour
la journée. Mais je ne sais pas prêter assez attention
aux signes. Je ne comprends pas toujours les voix de
l'intuition.

Quand je suis descendue vers huit heures hier matin,
madame la Maréchale était en train de raconter à
Edmond que la femme du maître de poste, ayant commis l'imprudence de manger du mouton le vendredi
saint, venait d'accoucher d'un enfant au crâne en pain
de sucre.

« Seigneur! me suis-je écriée, c'est très inquiétant ce
que vous nous racontez là. »

Edmond a éclaté d'un rire amer:

« Comme si cela pouvait t'inquiéter. D'avoir un
enfant, je veux dire. »

J'étais fort étonnée qu'il se permette une telle familiarité devant une servante et j'ai feint de ne rien comprendre à son allusion. J'ai poursuivi:

« Il n'y a peut-être pas lieu de s'affoler. Les difformi-
tés ne sont pas toujours mortelles. Vous savez, Louis II
de Hongrie est né *sine extrema cute* et le fait qu'il n'avait
pas de peau ne l'a pas empêché de vivre jusqu'à vingt
ans...

— Clara, je t'en prie.

— Laisse-moi finir. À Lhassa, au Tibet, il y a un
homme qui porte au front une corne de treize pouces
de long. Et en Allemagne un enfant est né avec une dent
en or. »

Madame la Maréchale me fixait de son unique œil
perçant, où je croyais lire un éclair de malice qui me
faisait perdre toute contenance.

« Pourquoi me dévisagez-vous ainsi?

— Je crois, madame, que vous avez mis votre robe à l'envers.

— C'est pourtant vrai, Clara. Quelle sottise! Certains jours, tu agis vraiment sans réflexion.»

À cette insulte, mon orgueil s'est cabré. Plutôt que d'avoir l'air de capituler devant Edmond, j'ai préféré ne pas aller me changer. Je l'ai regretté amèrement durant tout le petit-déjeuner. Ma robe me semblait de plus en plus serrée, et me comprimait la cage thoracique à un point tel que je ne pouvais même plus avaler mon thé. Je faisais semblant de boire, pour ne pas attirer les soupçons d'Edmond, mais j'avais de plus en plus de difficulté à dissimuler ma crise parce que les extrémités de mes doigts commençaient à fourmiller. Soudain, j'ai levé la tête et j'ai vu l'œil de madame la Maréchale dardé sur moi.

«Qu'avez-vous à me regarder encore? Tout de suite, tout de suite arrêtez!

— Clara, cela suffit! Retourne immédiatement te coucher, sinon c'est moi qui me chargerai de te monter dans ta chambre.

— Entoure-moi de chiens de garde si tu veux, mais je finirai bien par échapper à ta surveillance.»

Avant qu'il n'ait eu le temps de répondre, je me suis sauvée par la porte du jardin. J'ai pris le petit chemin qui traverse les marécages et je me suis dirigée vers la plage. Il faisait déjà chaud et l'air embaumait l'églantine. En haut de la dune, j'ai regardé derrière pour m'assurer qu'Edmond n'avait pas lâché le mastiff à ma poursuite. Une brume dense s'élevait de la mer et se dispersait par rafales sur la grève; on ne voyait pas à dix pieds devant soi.

J'ai marché longtemps à travers la brume opaque, sans autre point de repère que la tortueuse frange d'écume. Quelques mouettes se laissaient ballotter sur les flots, s'envolaient en piaillant lorsque arrivait une vague trop forte ; elles restaient suspendues dans le vent, jambes ballantes, jusqu'à ce que la crête soit passée, puis se laissaient retomber sur l'écume comme des odalisques paresseuses s'affalant sur un divan de duvet. La plage semblait prostrée devant cette mer dont les eaux grises comme de la chair d'huître venaient faire rouler à mes pieds les coquilles vides des moules et des bigorneaux.

Lorsque, plus jeune, j'allais passer mes vacances à Oyster Bay, la seule vue de l'océan suffisait à me faire oublier tous mes soucis. L'infinité vertigineuse de l'horizon, le déferlement des vagues me plongeaient dans un état mystique. Je me sentais transportée vers Dieu et je mettais tant d'ardeur à prier que je m'en bleuissais les jointures. J'atteignais ainsi à une sorte de pureté morale qui me donnait la force de purger mon esprit de tout ce qui est vil et obscène. Je ne ressens plus ces transports à présent. Je suis devenue imperméable à la force sublime de l'océan, je l'admire distraitement. Jamais je ne me perds en lui comme autrefois. Je ne m'abîme plus dans la prière. C'est à peine si je m'adresse à Dieu.

Quand j'ai aperçu, au détour d'une falaise, la silhouette chantournée de l'hôtel Hibernia, avec ses cabines de bain vertes et blanches, j'ai réalisé que je m'étais aventurée très loin. Je me suis assise sur un rocher et j'ai été assaillie par une bouffée de nostalgie. Il me semblait revivre les étés que nous avions passés chez tante Hortense: les coussins en chintz de la véranda, les cris perçants des enfants barbotant dans l'eau, les appels de leurs bonnes, le bal des ombrelles de mousseline sur la jetée, les aboiements des pékinois.

Midi a sonné au loin. J'étais partie depuis plus de deux heures. J'avais non seulement manqué ma sieste matinale, mais en plus, je n'arriverais jamais à temps pour le déjeuner, même en me dépêchant. Alors je suis revenue sur mes pas, pas trop vite pour ne pas m'essouffler. À la hauteur de la maison, j'ai trouvé un grand tube de verre translucide. Je n'en suis pas absolument certaine, mais je pense bien que c'était un fulgurite. Les fulgurites sont produits quand la foudre tombe sur une plage; la chaleur intense de la décharge électrique change en verre le sable avec lequel elle entre en contact, laissant un memento tubulaire de son passage. J'aurais aimé pouvoir le ramasser, mais il s'est désagrégé entre mes doigts.

Toute à mon observation, je n'ai pas entendu Edmond s'approcher. J'ai sursauté quand sa main s'est abattue sur mon épaule. Son souffle m'a brûlé la joue et, au creux de mon oreille, sa voix a grogné:

«Mon petit écureuil s'est encore sauvé.»

Il m'attendait depuis je ne sais combien de temps, tapi derrière les dunes, avec son mastiff qui tirait furieusement sur sa laisse en montrant les crocs.

«Alors, Clara, dois-je lâcher le chien?»

Il m'a ramenée à la maison en me tirant par le bras. Il m'a hissée dans l'escalier par le col de ma robe, comme on traînait les condamnés morts par strangulation sur les marches des gémonies avant de les balancer dans le Tibre. En haut, dans la chambre, il m'a jetée sur le lit et m'a ordonné de l'attendre. Il est reparu avec un lien de caoutchouc et une seringue de verre.

«Retrousse ta manche.»

Il espérait sûrement que je me précipiterais à ses genoux. Je ne lui ai pas donné cette satisfaction. Je n'ai pas bronché lorsqu'il m'a garrotté le bras, ni lorsqu'il m'a fait l'injection de morphine.

J'ai le vague souvenir de ses mains fourrageant sous mes jupes, de sa verge se forant un tunnel dans le sous-sol alarmé de mon corps. Edmond doit être fier de lui : après un an d'attente et d'essais infructueux, il est parvenu à ses fins. J'ai ressenti une faible douleur, tout au plus. Je n'ai pas saigné. L'hymen, est-ce que ça existe seulement, ou est-ce un mythe inventé pour glorifier les maris ?

Je ne vais pas pleurer sur ma virginité perdue. Si Edmond veut que je sois son automate, je ferai donc tout ce qu'il m'ordonnera : je mangerai ce qu'il me servira, je dormirai lorsqu'il en décidera, je lui ouvrirai mon lit lorsqu'il le désirera. Si j'ai une crise, je le cacherai si bien qu'il ne se doutera de rien. Je resterai de glace. Chacun de mes oui est anesthésique. Chaque acte d'obéissance creuse un peu plus ma tombe. Qu'importe. Tout mon être aspire désormais à la monotonie. On dirait déjà que mon combat intérieur se passe très loin de moi, au fond d'un coffret fermé.

Cosmo Remington à Joachim Moss

Vendredi

Cher Joachim,

M'en veux-tu beaucoup d'être parti si tôt hier? Si tu savais comme j'aurais voulu rester auprès de toi plus longtemps! J'espère qu'Irène ne t'a pas trop fatigué après mon départ. Il faut que tu te ménages, tu es encore si faible.

Le scandale du tunnel me met à l'agonie. Papa a apporté la honte sur notre maison et je ne sais comment je ferai face au monde dorénavant. N'importe quel être sensé en aurait tiré une leçon, mais pas lui; il est si têtu, il s'obstine à se justifier et n'accepte aucune responsabilité. Il est si injuste que j'aie à souffrir pour ce qu'il a fait — ou plutôt ce qu'il n'a pas fait, en ce cas-ci. Cela a bien failli tourner au drame hier soir. En sortant du tramway qui me ramenait chez nous, j'ai entendu une clameur qui s'amplifiait à mesure que j'approchais du boulevard. J'ai pensé tout d'abord qu'il s'agissait de la procession à la mémoire des victimes du tunnel, mais le tumulte se faisait de plus en plus violent.

«Que se passe-t-il? ai-je demandé à un quidam qui arrivait en sens inverse.

— Ils s'en vont faire du grabuge chez Remington, le magnat du chemin de fer. Il arriverait malheur à cet homme-là ce soir que ça ne m'étonnerait pas.»

Tu peux t'imaginer à quelle vitesse j'ai filé jusque chez nous. Mais il était déjà trop tard. Devant la maison, la cohue était telle que je ne pouvais avancer. J'ai grimpé sur le muret, et c'est alors que j'ai remarqué certains personnages à la mine patibulaire qui n'étaient autres que les parents des victimes. Sur leur visage était peinte la plus vive rancune. Personne ne bougeait toutefois, et je crois que tous en avaient assez et étaient prêts à s'en retourner. Mais à ce moment, on a entendu :

«De la casse! De la casse!»

Ce cri avait été lancé par une jeune fille à la voix tonitruante qui venait d'arriver et se frayait un passage vers les premiers rangs. La foule est devenue houleuse. La jeune fille a été la première à franchir la grille et à lancer des pierres. En l'espace de quelques minutes, le parterre a été mis à sac, les vitres de la maison ont été brisées par des projectiles de toutes sortes. Je commençais à me demander ce que faisaient les forces de l'ordre, quand un escadron est apparu à l'autre bout de la rue. Parmi les pillards, ce fut le sauve-qui-peut.

«Misérables! Empoignez-les! Que l'on pourchasse ces canailles!»

C'était le maire, de son tilbury, qui criait, gesticulait et donnait des ordres que personne n'exécutait. Les policiers pourchassaient les fuyards, évacuaient ceux qui restaient en les tirant par les pieds. J'ai pu enfin m'approcher de la maison. L'allée était jonchée de verre pilé. J'ai trouvé maman dans sa chambre, hors d'elle, tournant en rond et se tordant les mains. Quant à papa, il était occupé à compter les fenêtres brisées pour évaluer combien coûteraient les dégâts.

Comme si je n'avais pas assez de soucis comme cela, il a fallu que j'assiste ce matin à l'enterrement du colonel Sandborne. Le vieux pompeux, persuadé qu'il allait mourir debout, en bon soldat, avait apparemment exprimé dans son testament le souhait d'être enterré à la verticale. Les fossoyeurs, qui avaient participé à l'émeute de la veille avant d'aller s'enivrer, n'étaient pas encore dégrisés et ont commis une belle bourde : ils ont descendu le cercueil à l'envers dans la fosse ! J'ai bien failli signaler l'erreur mais, comme j'étais le seul à l'avoir remarquée, j'ai préféré me taire. C'est un grand réconfort de penser que, de l'au-delà, le colonel doit fulminer de se voir reposant la tête en bas ! Pourtant, à bien y penser, c'est une belle façon de boucler la boucle — cette position étant, après tout, celle dans laquelle nous venons au monde.

Après la cérémonie, il a bien fallu aller faire les condoléances d'usage à la veuve. À ses côtés se tenait sa petite-fille Elizabeth, venue de Halifax. Imagine ma surprise quand j'ai reconnu, sous son voile noir, la Walkyrie qui avait donné l'assaut à nos carreaux la veille ! Et voilà qu'au moment où je m'approchais d'elle, elle s'est penchée à mon oreille pour me demander d'aller l'attendre derrière le caveau. Malgré le chuchotement, la voix était si autoritaire, le ton, si impérieux, qu'il ne me serait même pas passé par l'esprit de lui désobéir.

Elizabeth Sandborne a un visage de furet, de magnifiques cheveux auburn, lisses et brillants comme devraient être les cheveux de toutes les femmes. Mais son front est mangé par une frange qui semble avoir été coupée aux ciseaux à ongles mal aiguisés. Elle souffre probablement de catarrhe — toujours est-il qu'elle renifle sans arrêt. Je ne suis pas étonné qu'elle soit chanteuse : elle a la poitrine la plus imposante que j'aie jamais vue. Elle se penche légèrement en arrière pour rire, comme si elle devait se donner un peu d'espace pour prendre encore plus d'expansion. Elle prend toutefois soin de ne pas trop ouvrir la bouche, car elle a de fort vilaines dents.

Tout de suite elle m'a parlé de l'incident d'hier soir, qu'elle a trouvé très drôle. À travers la dentelle de son voile, ses yeux me lançaient de ces bluettes chargées de convoitise que les jeunes filles ne savent jamais dissimuler lorsqu'elles jettent leur dévolu sur quelque pauvre type, et qui ont sonné le tocsin dans mon âme de célibataire jaloux de son indépendance. Si je ne prends garde de protéger mes arrières, je risque de me retrouver la corde au cou. Les hommes comme moi se marient toujours trop tôt — pas parce qu'ils le désirent, mais parce qu'ils n'ont pas assez de caractère pour dire non à des filles comme Elizabeth Sandborne.

Cher Joachim, c'était si bien hier quand j'étais fatigué et que tu m'as laissé poser ma tête sur ton épaule. J'étais heureux que tu m'aies pardonné. J'ai affreusement peur que tu ne tiennes pas à moi autant que je tiens à toi. Il y a une légion de signes qui me le font soupçonner : le fait que tu m'as boudé à cause de ma coupe de cheveux, que tu ne m'as pas félicité de ma promotion au journal. As-tu besoin de quoi que ce soit ? Un plaid, une nouvelle robe de chambre, un tapis peut-être ? Tu te lasseras de moi un jour (je suis tellement plus vieux que toi), alors je dois prendre mes petites précautions.

COSMO

Livre de bord du capitaine Ian Ryder

Nivalis, 14 juillet 1895
Lat. 82 ° 33′ N., long. 62 ° 20′ W., temp. 0 °

Un grain impétueux s'est levé cette nuit. Sous son action, la banquise ébranlée s'est mise à gronder, craquer et gémir. On aurait cru entendre les hurlements de mille âmes mourantes. C'était la débâcle, sinistre, sublime. Le *Nivalis* s'est retrouvé complètement dégagé, entouré d'un enchevêtrement de blocs brisés.

Le vent a déchiré dans la banquise un chenal large d'un quart de mille. De ce ruban d'eau noir monte dans l'air froid une immense colonne de brume, dense comme la fumée d'un four à coke. La brisure, qui a pris naissance à un endroit de faible résistance des glaces, semble continuer sur plusieurs milles jusqu'aux eaux libres en bordure de la côte. À partir de là, j'ai de bonnes chances de rejoindre le bassin de Kane, puis la baie de Baffin, qui sont encore praticables à cette époque de l'année.

Avant d'appareiller, je dois réparer l'hélice qui a été endommagée par la glace. Il faudra faire vite, car le prochain coup de vent risque de refermer le chenal. Néanmoins, j'attendrai mes hommes jusqu'à la dernière minute. En les abandonnant, je les condamnerais à une mort certaine. Monsieur Haeckle ne survivra pas à la gangrène. Serai-je donc le seul survivant de cette expédition damnée ?

Clara Weiss à Hortense Beaumont

Blackpool, lundi 15 juillet

Ma tante,

J'ai tenté de vous écrire plus tôt, mais Edmond épie comme un vautour le moindre de mes gestes et je ne veux pas qu'il sache que je corresponds avec vous. J'ai retrouvé dans son secrétaire ma dernière lettre, ouverte et froissée, brutalement annotée à l'encre rouge. Je ne veux pas que celle-ci subisse le même sort, et j'ai dû soudoyer madame la Maréchale pour qu'elle accepte de la poster pour moi.

Je ne peux vous cacher que mon mariage est une plus grande erreur que je ne l'avais jusqu'ici réalisé. La vie conjugale est devenue un tel cauchemar que même la perspective de retourner à la clinique Clavel me paraît invitante. Edmond essaie de me cultiver comme si j'étais un champignon : afin de me maintenir dans le noir et l'humidité, il a bouché les fenêtres de ma chambre avec du papier goudronné. Pour s'assurer que je n'en sorte pas, il me paralyse à la morphine.

Qu'est-ce qui m'attend dorénavant ? Quand ma statuette était encore transparente, je tentais d'y lire mon avenir *in crystallo* — sans succès, évidemment, parce que je n'ai aucun don de voyance. En fixant assez longtemps l'intérieur du cristal limpide, j'avais à tout le moins le réconfort de sentir mes yeux devenir aussi transparents que ce cristal et de m'imaginer qu'un jour ce serait tout mon corps qui deviendrait invisible, et que les regards d'autrui ne pourraient plus me toucher parce qu'ils passeraient à travers moi comme à travers une vitre.

Depuis que la statuette est devenue opaque, mon destin m'apparaît assombri. Je vous ai écrit, je crois, qu'elle s'effritait. En fait, la surface s'est couverte de minuscules craquelures dont se détachent des écailles de plus en plus grosses. Ce sont d'abord les membres qui se sont décharnés, puis les cheveux qui sont tombés, puis les joues qui se sont émaciées. Finalement, le bout du nez a cédé. Il se dégage de ces plaies un liquide nauséabond, comme si la statuette était atteinte de crisseling, une sorte de pourriture qui n'attaque pourtant que le verre. L'odeur en est si incommodante que j'ai dû l'enfermer dans la petite vitrine où le capitaine Ryder conserve ses souvenirs du pôle.

Je me sens tout engourdie. La morphine corrompt mes sens mais ne m'endort pas encore. J'ai peur. Et si Edmond était en train de me tuer à petites doses? Si je finissais vraiment par m'endormir pour l'éternité? Nous n'aurions jamais dû venir nous installer ici: deux êtres vivant dans l'isolement ne peuvent que finir par s'entre-égorger.

CLARA

Joachim Moss à Cosmo Remington

Clinique Clavel, 16 juillet

Cher Semblable,

Je me faisais une telle joie de sortir de la clinique cette semaine, mais j'ai attrapé une pneumonie. J'ai commis une imprudence, et me voilà bien puni.

Tous les jours, je fais un petit tour dans les jardins en fauteuil roulant. Vous ne les avez jamais vus parce que vous venez toujours le soir, mais ces jardins sont assez grands et vraiment magnifiques, avec une plate-bande de fleurs qui sont coupées chaque jour pour les chambres des malades, et un carré d'herbes médicinales. Mais plus que tout, j'aime les arbustes topiaires taillés en forme de stéthoscopes, de marteaux à réflexes et d'abaisse-langue. Tout au bout du jardin, derrière un thuya taillé comme un gigantesque bassin hygiénique, il y a une très longue serre, aux vitres couvertes de givre, où il n'est pas permis d'entrer. Ce n'est pas une serre chaude. C'est une serre froide : la fameuse morgue du docteur Clavel.

J'ai eu la curiosité de jeter un coup d'œil à l'intérieur parce que, si je meurs, c'est là que je finirai. Vous ne pouvez vous imaginer à quel point il faisait froid là-dedans. Au moment où je suis entré, mon souffle a gelé dans l'air. Tout autour, des rangées et des rangées de cadavres, certains sur des tables d'acier, d'autres dans des bacs d'eau froide, d'autres carrément congelés dans d'immenses blocs de glace. J'ai voulu ressortir aussitôt, je tremblais déjà comme une feuille. Mais j'ai entendu venir, et je me suis caché. Je suis resté trop longtemps au froid. J'avais à peine regagné ma chambre que je commençais à tousser, et me voilà maintenant fort malade.

Je regrette d'avoir vu cette morgue. Je tremble à l'idée de finir dans un bloc de glace. Dans votre lettre, vous avez parlé de m'offrir un tapis, une robe de chambre ou un plaid. J'adorerais un plaid. Je ne vous ai jamais rien donné. Je ne connais même pas la date de votre anniversaire. Quand viendrez-vous me voir ?

JOACHIM

Livre de bord du capitaine Ian Ryder

Nivalis, 17 juillet 1895
Lat. 82° 26′ N., long. 62° 20′ W., temp. 13°

J'ai finalement levé l'ancre hier soir. Il n'y avait toujours aucun signe des hommes, j'avais dû jeter à la mer la dépouille de ce pauvre monsieur Haeckle et je ne pouvais plus rester ici à attendre la mort. Jamais je n'ai eu à prendre une décision aussi difficile, jamais je n'ai été rongé de remords aussi torturants.

La progression a été lente et incertaine à travers le pack — à peine un mille nautique à l'heure. Il fallait constamment arrêter, redémarrer les moteurs pour virer la barre à bâbord, à tribord, puis à bâbord encore. J'ai maintenant rejoint le chenal et j'avance entre deux falaises de glace. L'eau ici est exempte de tout glaçon, mais conglutinée par les cristaux. À la surface de l'eau se forment des fleurs de glace d'une grande beauté qui ont l'aspect de roses des sables, ainsi que de petites crêpes aux bords retroussés que la proue fait voler en éclats comme si c'était du verre. Miraculeusement, les vents sont restés faibles, les vagues, presque stationnaires, et le chenal ne s'est pas rétréci. Il est difficile d'imaginer quelle force surnaturelle a pu fendre la banquise et engendrer cette gorge profonde. La glace semble très vieille sauf en surface, où les mares de l'été dernier ont laissé des coulées indigo, turquoise, péridot. Devant moi, le nuage de vapeur est aussi épais qu'un feu de prairie.

J'avais oublié à quel point, sous la chape blanche de la banquise, les eaux arctiques peuvent être noires. Ni la lugubre mer d'Irlande, ni la mer d'Okhostk aux flots atrabilaires, ni la mer des Sargasses couverte d'algues couleur d'obsidienne n'atteignent une telle saturation de ténèbres, même dans la tempête. L'Arctique est l'océan de la nuit, l'abysse où se déversent lcs pensées les plus obscures de la Terre. Mais derrière moi, le ciel cramoisi du crépuscule se reflète dans le chenal, qui a l'aspect d'une longue déchirure sanglante — comme si le *Nivalis* laissait la mer polaire dévirginisée.

Hortense Beaumont à Clara Weiss

New Raven, jeudi 18 juillet 1895

Chère Poucette,

J'écris sur mes genoux avant de me lever car ensuite je n'aurai plus le temps. Ta dernière lettre m'a inquiétée, naturellement, mais pas outre mesure. Ta maladie te fait prendre tout au tragique, comme toujours ; toi et Edmond avez simplement besoin de voir du monde, et ça ira mieux. J'ai donc décidé de devancer mon départ pour Oyster Bay afin que vous puissiez venir rester chez moi. Le train ne reprend que dans un mois, mais le maire et la mairesse ont offert de me prendre dans leur voiture. L'ennui, c'est qu'ils partent demain. Mes préparatifs ne sont pas du tout avancés : je dois encore faire mes bagages, et fermer la maison dont je n'ai pas eu le temps de m'occuper depuis une semaine. Tu dois bien te demander quelle nouvelle activité m'a absorbée ainsi. (Non, ce ne sont pas mes conversations avec les arbres.)

Je ne pouvais plus supporter la morosité qui s'est abattue sur notre petite ville depuis l'accident du tunnel. C'était d'une tristesse... D'autant plus que nombre de familles n'ont pas eu la consolation d'ensevelir leurs défunts, dont les corps trop brûlés et écrasés ont dû être envoyés à la morgue de la clinique, en attendant de pouvoir être identifiés.

Je cherchais donc un moyen de remettre un peu d'espoir dans les cœurs, et j'ai eu une idée splendide : faire ériger par notre grand Rakham un monument commémoratif pour honorer la mémoire de nos chers disparus. Notre maire trouve ce projet ambitieux, mais il m'a tout de même promis son soutien. Je me suis portée volontaire pour organiser la levée de fonds. Rakham pense réaliser, à l'entrée même du tunnel, un grand arc représentant le seuil du purgatoire, avec l'inscription *Vanitas vanitatis*, ou quelque chose du genre. De ce bas-relief de bronze feront saillie, comme des cabochons de cristal sur une couronne mérovingienne, diverses figures de verre qui seront coulées dans la fonderie que Rakham vient de faire construire à côté de son atelier. Je vois d'ici le jour de l'inauguration : fleurs, drapeaux, vivats, fanfare et discours patriotiques...

Irène et moi nous sommes rendues chez Rakham hier après le déjeuner pour voir ses premières esquisses. Oui, Poucette, tu as bien lu : Irène m'a accompagnée chez Rakham. Elle qui depuis des années ne lui adressait plus la parole. Elle qui se faisait même un point d'honneur de l'ignorer quand elle le croisait. Eh bien! laisse-moi te dire que la hache de guerre est maintenant enterrée.

Nous avons trouvé la porte de l'atelier entrouverte.

« Rakham doit être seul, a dit Irène, parce que lorsqu'il travaille, il la ferme à clé pour empêcher les modèles de s'enfuir. »

Je n'étais jamais entrée dans l'atelier. J'avais toujours imaginé un salon, avec tapis de Turquie, chevalets dorés et canapés de velours capitonné — peut-être parce que Rakham a récolté plus d'honneurs que tout autre sculpteur que je connaisse. (À bien y penser, c'est le seul sculpteur que je connaisse.) Jamais je ne me serais attendue à un tel capharnaüm. Les verrières brouillées laissaient à peine entrer une coulée de jour, qui venait s'éteindre sur les blocs de marbre entamés par la morsure de l'ébauchoir. Par terre, des mottes de glaise, des maillets, des débris de pierre, et autant de poussière de plâtre que de farine dans un moulin. Dans un coin, un amoncellement de bouteilles vides. Quand j'ai demandé à Rakham comment elles avaient abouti là, il a répondu :

«Aucune idée. Je n'ai jamais acheté une bouteille vide de ma vie. »

Pendant qu'Irène et moi, juchées sur des tabourets, buvions du thé fort dans des tasses d'une propreté douteuse, il a rallumé un vieux mégot tout en cherchant dans ses cartons des esquisses qui pourraient servir au monument. Il a dû écarter à regret certains nus passablement obscènes.

«Voyez la cambrure des reins... Ceci conviendrait parfaitement à notre projet, mais les gens sont d'une telle pudibonderie, surtout lorsqu'il s'agit de monuments publics... Pourtant, il n'y a rien de plus naturel pour une femme que d'écarter les cuisses. Croiriez-vous que j'ai de la difficulté à faire admettre cela à mes modèles ? J'ai une collection de photographies osées dans un tiroir secret et j'en suis réduit à me servir de ces choses-là. Dénicher de bons modèles est le problème de ma vie ! On dit que les artistes en pleine inspiration ne font aucun cas des femmes, mais on a tort : lorsqu'ils tombent sur un modèle qui accepte de se mettre complètement à leur service, ils travaillent dans la fièvre et l'exaltation !»

Ses mains caressaient sur le papier un corps alangui. Il a gloussé en posant son œil perçant sur Irène. Ses yeux à elle brillaient comme des escarboucles. Elle avait les joues en feu. Je dois bien te l'avouer, chère enfant : je ne savais plus où me mettre. Il est si inconfortable d'être en tiers quand le courant passe entre deux personnes. J'ai fait la vieille tante qui ne remarque rien et j'ai pointé une série de nus à la sépia dont le lustre me semblait fort inhabituel. Rakham a souri.

«Madame, je n'utilise jamais de sépia pour mes dessins — seulement de l'encre de seiche véritable et, pour le glacis, un peu de sang que me fournissent mes modèles les jours où elles sont indisposées.»

Rakham m'a donné une de ses «petites confections», comme il les appelle. Je ne sais pas encore où je l'accrocherai. Je suis évidemment flattée de posséder une œuvre signée d'un grand artiste, mais je ne sais pas très bien comment je pourrais exhiber sans honte un tel sujet chez moi. Pour tout dire, je trouverais surtout répugnant d'avoir constamment sous les yeux ces sanguinoleries-là.

Bon, il est temps que je me lève si je veux terminer tout ce qu'il me reste à faire. Il ne faut pas que j'oublie de passer au jardin pour dire adieu à mes arbres avant de partir. Je vous attendrai à Oyster Bay samedi pour déjeuner. Dans l'impatience de te revoir, je t'embrasse bien fort.

TANTE HORTENSE

Cosmo Remington à Joachim Moss

Cher Joachim,

Oui, je suis généreux, et tu auras ton plaid, mais pas si tu continues à m'écrire des lettres tristes. Ta maladie te fait voir tout en noir et, franchement, j'ai plutôt besoin d'être distrait.

Maintenant que papa est parti en retraite dans son pavillon de pêche, la situation s'est calmée pour tous sauf pour moi. Ma vie est devenue un cirque depuis ma nomination au poste de rédacteur. J'aimerais bien comprendre pourquoi les fils de bonne famille sont aujourd'hui contraints de travailler. A-t-on oublié que les grandes œuvres ne peuvent germer que dans la plus complète fainéantise ? Si cette soumission au travail continue, notre époque ne produira aucun génie. Voilà à quoi nous aura réduits la révolution industrielle.

Je n'étais pas né pour cette vie de labeur. Chaque matin, le seul fait de me rendre au journal me met dans un état d'épuisement tel que je suis forcé d'interdire l'entrée de mon bureau le temps de piquer un somme. Le travail s'accumule, je ne rattrape pas le retard, je ne sais même pas si je pourrai me libérer la semaine prochaine quand tu sortiras de clinique pour que nous partions en vacances.

Je ne rentre jamais à la maison avant cinq heures, car je dois servir d'intermédiaire entre le rédacteur en chef et le typographe, qui ne s'adressent plus la parole. Il est difficile de dire lequel des deux dirige *Le Globe*. Le rédacteur en chef a le plus grand bureau, mais c'est le typographe qui a toujours le dernier mot. Il a la mauvaise habitude de ne jamais prévoir assez d'espace pour la manchette et, au lieu de recommencer sa mise en pages, il supprime une lettre. Ce qui donne des titres du genre : «Le chien du maire disparaît sans laisser de race», ou «Sandale sur la voie publique».

Ce soir, ils m'ont tellement fait perdre de temps que je suis arrivé une demi-heure en retard pour le thé. Je me suis précipité au salon pour rejoindre maman. Imagine mon étonnement quand je l'ai trouvée avec Elizabeth Sandborne! La corpulente jeune fille était incrustée sur les coussins de velours grenat du divan. Maman se tenait debout derrière elle.

Elle m'a jeté un de ses regards entendus qui voulait dire : «Qu'est-ce que cette engeance, et veux-tu t'en débarrasser au plus tôt?» J'étais rouge comme une écrevisse. Un enfant pris à faire un mauvais coup. Quelle situation embarrassante. Je dis habituellement tout, tout, tout à maman, et pour je ne sais quelle raison, j'ai oublié de lui mentionner ma rencontre avec Elizabeth. J'ai bien vu qu'elle croyait, à tort, qu'il y avait anguille sous roche, et que j'avais essayé de lui cacher quelque chose. Tu sais comme elle peut être rancunière en de tels cas. Elle me boudera certainement toute la semaine.

Elizabeth, elle, cramoisie de plaisir, me souriait de toutes ses dents (qui sont vilaines, te l'ai-je dit?), en battant des cils. «Je suis cuit», ai-je pensé. C'est elle-même qui a servi le thé. Je ne voulais pas avoir l'air impoli, mais je ne pouvais détacher mes yeux de ses mains, me demandant comment elle pouvait arriver à manipuler la porcelaine avec ces deux paquets de saucisses. Elle n'a pas renversé une seule goutte, ni en versant ni en me tendant ma tasse. Remarquable. Moi, par contre, que la nature a doté de mains si délicates, je finis toujours par casser de la vaisselle. Du reste, je n'ai aucune idée pourquoi je parle de mes mains alors que les tiennes sont un poème.

Je croyais qu'elle partirait sitôt après le thé, mais non. Elle a insisté pour voir ma collection de médaillons. Que pouvais-je faire d'autre que de m'incliner? Mais imagine mon affolement quand elle s'est passé autour du cou un de mes Rakham en cristal! Je n'allais tout de même pas le lui arracher. Elle est allée se placer devant la fenêtre pour mieux l'admirer.

«Vous ne m'en voulez plus, j'espère, pour ma plaisanterie de l'autre soir. Si vous saviez comme cela m'amuse de briser du verre. Je ne peux tout simplement pas m'en empêcher depuis que je suis toute petite. C'est pour cela d'ailleurs que je prends des leçons de chant. Un jour, vous verrez, j'arriverai à faire éclater du cristal. D'ailleurs, tenez, j'y suis presque.»

Et, épongeant du revers de la main les perles de sueur sur sa lèvre supérieure, dilatant les narines, elle a ouvert tout grand la bouche. Juste ciel! J'ai cru que mes tympans allaient éclater. Ce n'était pas seulement l'intensité de la voix qui était abasourdissante, mais la hauteur du registre! La voix était de tête, forcée de la gorge et suraiguë, et d'une absolue vulgarité dans les vibratos. Et voilà que les vitres se sont mises à trembler. Un sifflement strident dont je n'ai pas immédiatement identifié l'origine, qui ressemblait aux vibrations de l'harmonica de verre de maman... Et c'est avec horreur que j'ai alors réalisé que mon médaillon trépidait. Sans faire ni une ni deux, je me suis jeté sur elle et je lui ai couvert la bouche de ma main. Elle s'est tue aussitôt. Et soudain, un regard malicieux est passé dans ses yeux.

J'ai reculé de dégoût : elle avait léché la paume de ma main !

« Je dois partir maintenant, a-t-elle dit. Je reviendrai demain sans faute. »

Seigneur, que ferai-je ? Je suis au désespoir. Il est hors de question que je fréquente cette fille, qui ne me casse pas que les oreilles.

COSMO

Journal de Clara Weiss

Samedi 20 juillet

Edmond vient de me donner mon injection. Étrange comme quelques gouttes de morphine suffisent à altérer les perceptions de tout un corps. J'ai toujours une légère panique au début, lorsque le sang entre en effervescence et me fait pétiller le cerveau. Mais je me calme au fur et à mesure que la respiration ralentit et qu'un engourdissement voluptueux m'envahit. Ma tête se met à tourner — toujours dans le sens contraire des aiguilles d'une montre, jamais l'inverse, à cause de l'effet Coriolis sur les liquides de l'hémisphère Nord. L'effet de vertige est si délicieux... J'accueille chaque sensation de son renforcement avec plaisir, je la retiens lorsqu'elle semble vouloir perdre de son intensité. Pour cela, il faut encourager le flux de la morphine, lui permettre de voyager où bon lui semble afin qu'elle aille refroidir toutes les parcelles de mon corps, comme le poison qui tua Alexandre — ce poison distillé d'un cristal, si glacé que seul un sabot d'âne pouvait le contenir sans éclater.

Des motifs de flocons de neige apparaissent en relief sur les draps lumineux de mon lit, bossellent le papier sur lequel j'écris. Ma peau s'est couverte de givre. Ma tête s'est enfin détachée de mon corps. Elle flotte près des étoiles d'or peintes au plafond. Mes masques sont tombés un à un. Il ne me reste qu'un crâne, mais il a la blancheur des os saints que les chrétiens lavaient dans du lait, enveloppaient de lin et faisaient sécher sur leur poitrine avant de les déposer dans les reliquaires.

Je n'arrive plus à fixer mon attention sur ce que je fais. J'oublie en pleine phrase ce que j'allais dire. Je ne reconnais d'ailleurs plus mon écriture. Mon bras est en train de se paralyser, chaque trait me demande un effort surhumain. Il faut ménager les mots, me limiter à l'essentiel. Qu'est-ce qui est essentiel ? En me concentrant ainsi, je veux dire en me concentrant sur une lettre à la fois, j'arrive à étirer le temps, et parfois même à cristalliser un instant dans une éternité provisoire. J'entends distinctement chaque bruit de la maison, mais autant les sons sont clairs et différenciés, autant les images sont floues. Il n'y a plus de frontière entre l'air et la matière. La seule odeur que je perçois, c'est celle de la statuette qui se corrompt derrière sa vitrine. J'aurais dû la jeter à la mer quand j'en avais encore l'occasion.

La morphine m'assomme. Je ne peux plus garder les yeux ouverts. Je dois cesser d'écrire. Je vais sombrer dans un sommeil flottant et, quand je me réveillerai, je trouverai Edmond à mon côté, épuisé d'avoir abusé de mon inconscience. Il s'endort sur le dos, même si Aristote prévient que cette position échauffe les organes de la génération et encourage les pollutions nocturnes. Sa bouche grande ouverte forme un trou noir au milieu de son visage d'où proviennent des odeurs de moisi, d'eau

croupie, de bas-fonds marécageux, de pourriture insa-
lubre. Sa poitrine s'élève et s'abaisse, s'élève et s'abaisse.
L'air qu'il inspire va réfrigérer son cœur, comme un
souffle anime le feu, et en ressort presque brûlant, en
émettant un sifflement de serpent. Ce mince filet d'air
par lequel sa vie est suspendue passe par un conduit
étroit, pas plus large qu'une noisette. Un conduit qui
pourrait se bloquer si facilement...

Livre de bord du capitaine Ian Ryder

Nivalis, 20 juillet 1895
Lat. 80° 5' N., long. 64° W., temp. 5°

Il n'y a plus de charbon pour le poêle. Mes doigts sont
bleus et engourdis. J'ai serré ma ceinture d'un autre
cran pour cesser de sentir la faim qui me tenaille.

Le vent s'est levé il y a une heure en poussant un
hurlement à réveiller les morts. J'ai eu du mal à monter
à l'échelle de corde pour carguer les voiles. La banquise
s'est ébranlée en grondant et, quelques minutes plus
tard, le chenal s'était rétréci de moitié. C'était fatal : ma
chance ne pouvait durer indéfiniment. La voie libre ne
cesse de se resserrer et il ne reste plus qu'un col étroit
et tortueux pour naviguer. Au prochain coup de vent, le
Nivalis pourrait être broyé par son étau. La mer s'agite.
La proue, qui tangue et bascule presque, arrive à peine
à se pilonner un chemin à travers la glace qui s'est formée en surface. Partout autour de moi, je ne vois que
les glaces de la mort — *frigus leti*.

Je n'ai pas peur de rester pris ici. Je sais ce qui arrive
à ceux qui meurent de froid. Ce sont d'abord les grelot-
tements qui cessent, parce que les muscles ne répondent

plus. Tout le sang de surface est redirigé vers les organes vitaux et la peau ne ressent même plus le froid. Le cerveau, mal isolé par la mince épaisseur du crâne, s'engourdit et les pensées deviennent confuses. Finalement, lorsque la température du corps atteint 82 degrés, le cœur, incapable de synchroniser ses battements, s'arrête paisiblement.

Si l'on retrouve un jour mon corps, j'aimerais qu'on le rapatrie à Blackpool et que l'on grave ces mots sur ma tombe : *Quæsivit arcana poli ; vidit Dei.* Il cherchait les mystères du pôle ; il a vu ceux de Dieu.

Irène Beaumont à Clara Weiss

New Raven, le dimanche 21 juillet

Chère Clara,

Notre ami Joachim est décédé hier matin à la clinique. Nous n'avons même pas pu lui rendre un dernier hommage, parce que son corps avait déjà été envoyé à la morgue. Cela a achevé de dévaster Cosmo. J'avais toujours pensé que son amitié pour Joachim était, à son image, légère et désinvolte. Je ne l'aurais jamais cru capable d'une telle profondeur de sentiments. Si la mort d'un être proche révèle les dessous des gens, les miens ne sont pas roses. J'avais beau essayer de ressentir de la peine, je n'étais pas touchée par la perte de Joachim. Je suis restée de glace devant la détresse de Cosmo, incapable d'y compatir ou de la partager. Je n'ai pas tenté de le réconforter ; je l'ai abandonné à son triste sort et je me suis rendue à un rendez-vous secret. Je suis peut-être un monstre d'égoïsme.

Pour moi, la vie continuait et je ne me sentais nulle-ment coupable de suivre son appel.

Je sais que tu réprouves mes aventures. Quoi qu'il en soit, tu n'es pas complètement étrangère aux mystères féminins (contrairement à ce que tu voudrais laisser croire) et tu comprendras peut-être pourquoi je n'ai pu m'empêcher de revoir Rakham. Tante Hortense t'a, je crois, raconté notre visite chez lui. Je ne voulais pas la laisser aller seule à l'atelier, de peur qu'il ne lui fasse quelque révélation embarrassante à mon sujet — non que j'aie honte de ce que j'ai fait, mais je ne tiens pas à ce que ma tante en soit informée. Je n'avais pas tort de me défier de cet homme abominable. À la première occasion, il a sorti de son carton une des esquisses pour lesquelles j'avais jadis posé, et qu'il avait pourtant juré de ne jamais montrer à quiconque, et n'a rien trouvé de plus fourbe que de l'offrir à tante Hortense.

Cette ignominie aurait dû me garder de Rakham. Mais le fait de me retrouver dans cet atelier, après toutes ces années, a suffi à raviver l'ancienne flamme. Je n'ai même pas de vergogne à te l'avouer, parce que je n'en suis nullement étonnée. J'ai toujours su, au fond de moi, que Rakham déciderait un jour de ma perte. Quelle plaie incicatrisable laisse donc la défloration, pour nous rendre ainsi vulnérable à l'influence de l'amant qui nous l'a infligée ? Pourquoi sentons-nous, pour une faveur si négligeable, lui être redevable à jamais ?

Profitant d'un moment où tante Hortense était pen-chée avec attention sur les esquisses, Rakham m'a chu-choté :

« Je veux que tu poses pour moi. »

Sa voix est entrée comme du poison dans mon oreille. J'ai accepté sans même tergiverser, à la condition toutefois que ce soit pour Marie-Madeleine, qui sera la figure centrale de son monument.

Si tu crois que je me suis lancée dans une banale intrigue, détrompe-toi. Ce qui m'est arrivé est de loin l'expérience la plus inhabituelle, la plus... Non, il n'existe pas de mot pour décrire les sensations que Rakham m'a fait éprouver.

Quand je suis arrivée chez lui, à l'heure précise qu'il m'avait fixée, je me suis heurtée à une porte close. J'ai sonné, resonné, sonné encore. M'étais-je trompée de jour? M'avait-il oubliée? Mi-confuse, mi-fâchée, j'allais repartir quand j'ai entendu un cri furieux venant de l'intérieur. La porte s'est ouverte d'un coup et Rakham est apparu en robe de chambre, fripé, les cheveux défaits, avec une barbe de plusieurs jours.

«Qu'est-ce que tu fais ici?» m'a-t-il demandé, en hurlant presque.

J'avais oublié combien il peut être insolent, comment il use de son arrogance pour mieux m'intimider et avoir le dessus sur moi. Il méritait que je l'abandonne à son sort. Mais est-ce que mon corps se souciait de mon humiliation quand il sentait le plaisir à sa portée? La concupiscence peut nous faire ravaler notre orgueil mieux que n'importe quel ennemi. Je l'ai suivi dans la cuisine bien qu'il ne m'ait pas invitée à entrer. Sans dire un mot, je l'ai regardé préparer le café, rageant contre le moulin, le robinet, le poêle, contre tout ce qui se trouvait à sa portée. Il ne m'a rien offert — pourquoi d'ailleurs aurait-il eu cette attention, quand il s'enorgueillissait que je sois venue non pour recevoir mais pour me donner? Dans l'atelier, il n'a pas eu besoin de dire un mot. Je me suis déshabillée de mon chef et je suis montée sur la petite estrade recouverte d'une bâche comme on monte à l'échafaud.

J'attendais, tremblante malgré la chaleur de l'après-midi, mon corps plus blanc que le marbre des statues qui m'entouraient, toute dans l'expectative de ces mains rugueuses qui se poseraient tantôt sur moi pour me modeler. Je ne m'attendais pas à ce qui s'est passé. S'il m'avait avertie, s'il m'avait demandé la permission, aurais-je accepté de participer ou me serais-je au contraire insurgée contre ce sacrifice qui m'aurait semblé sans doute inadmissible ? Je ne sais pas, je ne sais pas. Le fait est qu'il ne m'a rien demandé. Il est tout simplement allé chercher, dans son tiroir secret, un étui en cuir grené d'où il a sorti de longues aiguilles, ou plutôt des tiges d'archal qu'il m'a enfoncées à la saignée des bras et des jambes, le long de l'échine et au creux des hanches.

« C'est pour t'empêcher de bouger. »

J'ai d'abord sursauté sous la fulgurance de la piqûre puis, comme la douleur se résorbait si je restais bien immobile, je me suis laissé épingler comme une libellule.

Entre deux amants, chaque pas vers une plus grande intimité exige que l'on vainque d'abord sa répulsion pour une moiteur insolite, un mot cru, une intromission brutale. Petit à petit, ce qui choquait devient familier, même banal. Notre tolérance a toutefois son seuil, au-delà duquel se situent des régions fascinantes, certes, mais si abjectes que nous y éprouverions un dégoût insurmontable. Que m'arrivera-t-il si Rakham me subjugue au point de me rendre aveugle à mes propres limites ? Je repense à son aiguillier, à ses yeux qui me transperçaient comme des dards. À la prochaine séance, je le suivrai trop loin, c'est sûr, et il sera trop tard pour reculer.

Ma sujétion aux passions, qui fait déjà de moi le genre de femme que l'on prend pour maîtresse mais que l'on n'épouse pas, finira par me perdre. Crois-moi, pauvre chérie, un beau visage a pour nous ses avantages. Mais avoir un beau corps, et le désir d'en jouir, c'est une malédiction.

I.

Journal de Clara Weiss

Sans date

J'ai fait cette nuit un rêve d'une telle obscénité que je n'ai même pas le courage d'y repenser. Je me trouvais mêlée dans une promiscuité ignoble avec toutes sortes d'êtres — des femmes, des jaguars, des enfants pervers. Je me suis réveillée en sursaut, choquée et honteuse d'avoir pu enfanter de telles monstruosités. Comme dit Ophélie, «*We know what we are, but we know not what we may be*». Notre esprit a un côté dépravé que nous ne devrions jamais connaître.

La morphine a peut-être sur moi une influence pernicieuse. Il me faudrait un contrepoison, quelque chose comme un bézoard, quoique ses vertus antidotiques soient douteuses. Charles IX avait trouvé une de ces pierres dans les entrailles d'un cerf. Il l'avait fait enchatonner dans un cercle d'or rehaussé d'émeraudes. Sur les conseils d'Ambroise Paré, il tenta d'en vérifier l'efficacité en la plaçant dans la main d'un condamné à mort auquel on administra du poison. Sept heures plus tard, le pauvre homme était mort. Quand j'étais à la clinique, il y avait un patient dans la chambre à côté qui croyait que tout le monde essayait de l'empoisonner ; pour se protéger, il avait ingéré des matières non digestibles dans l'espoir qu'elles formeraient un bézoard. Quand le docteur Clavel l'opéra, il trouva dans son estomac un ressort de montre, des clous à tapisserie, une lame de rasoir, un bouton de bottine, un grelot, un leurre à truite en nickel et une breloque des Chevaliers de Pythias.

Me voici séquestrée dans ma chambre depuis au moins une semaine. Edmond a si bien barricadé les fenêtres de papier goudronné que je ne suis jamais certaine s'il fait nuit ou jour, si j'ai les yeux ouverts ou fermés. Je reste étendue dans le noir, immobile, écrasée par le poids de mon propre corps, la tête lourde comme si on l'avait remplie de plomb. Je suis prise dans une roue de sommeil qui ne cesse de tourner et de me ramener au point précis d'où j'étais partie. On dirait que, toute ma vie, je n'ai fait que cela, dormir, que tout le reste n'a été qu'un rêve.

Il arrive qu'Edmond, dans un moment de faiblesse, accepte de me laisser une lampe, mais jamais très longtemps. Pour m'éclairer, peut-être pourrais-je fabriquer une liqueur reluisant dans les ténèbres, dont Giambattista della Porta donne la recette dans *Magia naturalis*. Je broierais des queues de vers luisants avec une pierre de porphyre et les enfouirais dans du fumier pendant quinze jours, puis les poserais dans un vaisseau de cristal rond qui illuminerait l'air ambiant.

J'ai commis une terrible erreur stratégique avec Edmond. Quand il a commencé à m'imposer ses restrictions, j'ai jugé qu'il serait inefficace de l'affronter. Je croyais qu'en ployant l'échine, en acquiesçant à ses volontés de façon servile, il ne pourrait qu'être éventuellement frappé par l'absurdité de ses requêtes. La démonstration n'a été évidente que pour moi. Edmond, lui, a été conforté dans ses excès. Chacune de mes soumissions lui a donné plus d'autorité. Maintenant je suis à sa merci, prise dans le piège de mes propres silences. Je n'ai même plus madame la Maréchale pour m'aider, qui a été renvoyée hier. Quand donc arrivera Hortense? Vais-je mourir ici? Comment Edmond peut-il être si méchant?

Tout à l'heure, j'ai réussi à crocheter la porte du balcon. J'espérais voir enfin le jour, mais la campagne était plongée dans l'obscurité. Le ciel était saupoudré d'étoiles; on aurait dit un carton noir piqué de petits trous d'épingles. Le vent brutal, où se mêlaient des exhalaisons de harets en rut, faisait claquer ma robe de nuit. Soudain, les étoiles se sont mises à filer en tous sens, comme des frelons en colère. Certaines traçaient de grands arcs rapides avant de disparaître, d'autres oscillaient de façon pendulaire, d'autres tourniquaient nerveusement. J'espérais que les corps célestes aient un message d'espoir pour moi. Comme les gnostiques sabéens, adorateurs des astres, j'ai relié les étoiles par des lignes imaginaires pour former les lettres d'une phrase. Cela a donné ceci: *La raison du secret pour faire de la glace en esté est l'un des plus beaux que sachent les curieux.* Le ciel m'a roulée: c'est une phrase des *Météores* de Descartes.

Hortense Beaumont à Edmond Weiss

Oyster Bay, lundi 22 juillet 1895

Cher neveu,

Je pensais bien vous voir arriver samedi, et puis je vous ai attendus hier toute la journée. Avec le tunnel fermé, la majorité des estivants sont restés en ville cette année ; si ce n'était des touristes américains, Oyster Bay serait bien calme. Qu'est-ce qui vous retient encore à Blackpool ? J'ai retrouvé avec plaisir toutes mes petites affaires que j'oublie d'année en année. J'ai fait préparer la chambre de Clara et, pour vous, la chambre bleue : vous méritez bien un peu de repos après avoir pris soin de ma nièce durant ces derniers mois, et je vous promets que vous n'aurez pas à lever le petit doigt. Je vous attends avec impatience. Écrivez-moi si vous êtes encore retardés.

HORTENSE BEAUMONT

Edmond Weiss à Hortense Beaumont

Blackpool, le 23 juillet 1895

Madame,

J'ai bien reçu votre note et je prends la peine de vous répondre immédiatement. Si j'avais su que vous nous attendiez, je vous aurais écrit plus tôt, afin que vous ne perdiez pas votre temps.

Clara a profité de mon indulgence, refusant de suivre les prescriptions de son médecin, présumant de ses forces; elle est fatalement retombée sous la coupe de sa maladie. Vendredi dernier, alors que je rentrais de la pêche, j'ai entendu un rire nerveux venant de sa chambre, un hoquet étranglé, puis plus rien. Inquiet, j'ai grimpé l'escalier en vitesse et j'ai trouvé Clara assise sur son lit au milieu d'une poudrerie de plumes blanches qu'elle avait arrachées de son oreiller. Elle en avait la bouche pleine, elle avait même dû en avaler. Elle m'a d'abord regardé avec curiosité; ses yeux verts étaient grands comme des soucoupes. Puis elle s'est mise à agiter les jambes, sans pouvoir s'arrêter. Comme j'essayais de la nettoyer, elle a poussé un soupir mélodieux, a glissé la main sous sa chemise de nuit et, la pressant sur sa gorge, m'a demandé:

«Peux-tu sentir sa présence? Il est venu ici pendant que je dormais. Il a laissé partout sa divine odeur de décomposition.»

Je lui ai demandé de qui elle parlait.

«De mon Persécuteur! Ne l'as-tu pas vu aux alentours? Il est très osseux, sa peau parcheminée est déchirée par endroits. Il ne porte qu'un linceul autour des reins, et une couronne qui abrite un serpent. Il vient ici parce que cet endroit est le Calvaire — le lieu du crâne. Il se glisse par la fenêtre pendant que je dors et espionne mes rêves. Parfois il me réveille en passant ses doigts glacés sur ma chemise de nuit. Je crois qu'il essaie de me sourire, mais je n'en suis pas certaine; il n'a presque plus de lèvres pour cacher ses dents. Ses orbites béantes brûlent d'un feu noir quand il me force à danser avec lui, et nous tournons et tournons — toujours dans le sens contraire des aiguilles d'une montre — et quand je suis bien étourdie, il murmure dans mon oreille: *Memento mei. Memento mei.*»

Pour conjurer la créature, Clara voulait que je laisse dix lampes allumées en permanence dans la chambre.

«Il n'y a plus d'air ici, mais ça n'empêchera pas la combustion. Des lampes ont été trouvées dans la tombe de Tulia, la fille de Cicéron, qui brûlaient depuis mille cinq cents ans.»

Elle a perdu tout sens du temps et de l'espace, fonctionne comme une automate, est incapable de se rappeler ce qu'on vient de lui dire. Ses cris, ses courses effrénées aux fenêtres, ses pas qui vont et viennent dans la nuit contaminent l'atmosphère de la maison. Assaillis par ses ruées sauvages, les murs sont ébranlés à tout instant.

Je suis le plus malheureux des hommes. Je sais que je n'ai d'autre choix que de la ramener à la clinique du docteur Clavel, mais je ne me résous pas à me séparer d'elle. J'espère encore un miracle. S'il n'arrive pas bientôt, c'est moi que l'on devra interner. Je vous donnerai des nouvelles le plus tôt possible.

Votre dévoué,

EDMOND WEISS

Août 1895

Hortense Beaumont à Irène Beaumont

Oyster Bay, lundi 5 août 1895

Petite sacripante,

J'ai été fort contrariée d'apprendre par Cosmo que tu ne viendrais pas nous rejoindre. Je devine bien ce qui t'a retenue en ville, va! Pas besoin de le demander aux arbres. Tu as peut-être passé l'âge des remontrances, mais permets-moi de te dire tout de même le fond de ma pensée : ta place ce matin était aux obsèques d'Edmond, pas ailleurs.

Je me suis rendue à Blackpool avec le maire et la mairesse, qui n'entendent rien à la ponctualité, comme tu le sais. Nous sommes entrés dans l'église juste comme la cérémonie commençait et je suis allée m'asseoir près de Clara. Dans sa robe de crêpe noir, ta sœur semblait maigre et fatiguée, mais certainement pas dérangée, comme me l'avait laissé entendre Edmond dans sa dernière lettre. Remarque que, très souvent, lorsque frappe un malheur, les souffrances physiques et morales disparaissent comme par enchantement.

Après l'enterrement, Clara m'a présentée à l'honorable sénateur Schulz qui, avec la courtoisie exquise des parlementaires, a fait semblant de se souvenir de moi. Les années n'ont pas épargné ses traits et il n'est plus aussi bel homme qu'avant; néanmoins la vieillesse ne l'a pas rendu geignard et souffreteux comme la plupart de ses semblables. Il a conservé une certaine espièglerie dans le regard, une vigueur physique remarquable (même à mon âge, on est encore sensible à ces choses-là).

Bien entendu, j'aurais préféré ramener Clara avec moi à Oyster Bay, mais elle tenait à rester seule à Blackpool pour mettre sa maison en ordre et se départir des affaires d'Edmond. Je n'ai pas insisté. Je me rappelle trop bien mon désarroi à la mort de ton cher oncle pour savoir que seules les larmes et la solitude peuvent venir à bout du chagrin. Pour l'instant, Clara croit que son monde vient de s'effondrer. Mais elle saisira assez vite qu'être veuve procure une liberté dont ne peuvent que rêver les épouses et les vieilles filles. Plus personne ne lui dira quand se coucher, quoi manger, quoi ne pas dire, et surtout combien elle peut dépenser; elle n'aura plus jamais besoin de demander une permission ou un pardon. Vraiment, les inconvénients de la perte d'un époux auquel on avait fini par s'attacher sont bien négligeables si on les compare aux multiples avantages de sa disparition. Quand je vois les femmes de mon âge, casées par amour, prises avec un vieux qui s'est aigri avec les années, je les plains et je remercie le Ciel d'avoir fait un mariage de raison, avec un homme plus âgé que moi, qui a eu la délicatesse de quitter ce monde assez tôt pour ne pas m'imposer ses malaises. C'est vraiment une bénédiction de vieillir seule, maîtresse de sa propre destinée.

Évidemment, il y en a, que je ne nommerai pas, qui n'attendent pas d'être veuves pour disposer de leur liberté. Celles-là feraient bien de penser davantage à leur réputation, et à leur vieille tante qui doit inventer des excuses pour justifier leur absence. Si je savais au moins comment tu passes tes journées, je ne m'inquiéterais pas tant. Mais je serai sans doute la dernière à qui tu te confieras, comme d'habitude. Tu aimes tellement avoir tes petits secrets...

HORTENSE

P.-S. Je t'envoie une copie de la nécrologie d'Edmond, parue dans le journal de Blackpool. Tu conviendras comme moi qu'elle est beaucoup plus éloquente que le misérable entrefilet qu'a publié *Le Globe*.

Un spécialiste des champignons

Le professeur Edmond Weiss, distingué botaniste et fondateur de la Société mycologique des Maritimes, est décédé subitement le 28 juillet dernier. Il était âgé de 49 ans.

Le professeur Weiss était titulaire de la chaire de botanique à l'université de New Raven, où il enseignait depuis 1884.

Né en Suisse en 1846, il fit ses études à Strasbourg et à Würzburg avant de s'établir à Édimbourg, où il enseigna huit ans les sciences naturelles. Il dédaignait le microscope durant ses cours et privilégiait les excursions botaniques. Il chantait fréquemment dans les concerts de la Société chorale.

En 1871, le professeur Weiss rejoignit son frère Charles pour se consacrer entièrement à la science. En 1874, ils organisèrent une expédition pour aller observer le transit de Vénus. Charles acquit une renommée mondiale avec ses *Structures cristallines*, un livre encore cité comme une contribution cruciale au développement de la cristallographie. Edmond, lui, publia d'abord une monographie sur la rhubarbe, *De Rhapontico*, puis consacra dix ans à rédiger *De la décomposition des plantes* en 36 volumes, qui lui valut la réputation, dans les cercles universitaires, d'avoir créé une œuvre inégalée en volume et en inutilité.

Son destin changea en 1884, lorsqu'il visita le Labrador et Terre-Neuve, et se mit à recueillir les nombreux spécimens d'amanites et de vesses-de-loup qui allaient marquer le début de son *Fungorium*, une des plus importantes collections de champignons de l'Est du pays. Résolu à se consacrer dorénavant à la mycologie, Edmond Weiss se fixa à New Raven, succédant au professeur Stewart à la chaire de botanique de l'université. Il publia plusieurs livres, dont *Mycologia labradoriana*, *Species fungorum Novæ Scotiæ*, et son *magnum opus*, un catalogue raisonné de tous les champignons à odeur désagréable. En novembre 1891, il fonda la Société mycologique des Maritimes, dont il était l'unique membre.

Le professeur laisse dans le deuil son épouse Clara (Beaumont) de New Raven, qu'il avait épousée l'année dernière, ainsi que de nombreux amis et collègues.

Journal de Clara Weiss

Mardi 6 août

Pauvre tante Hortense, qui a cru que je refusais de l'accompagner à Oyster Bay pour être seule avec la mémoire d'Edmond et bercer ma peine. J'ai attendu que sa voiture ait disparu au détour du chemin pour rentrer dans la maison et j'ai parcouru les pièces où chaque mur, chaque meuble racontait encore les misères de ma vie ici, en chuchotant: «Je suis délivrée, je suis délivrée.»

Le lendemain, j'ai abandonné ma tenue de deuil pour retrouver avec bonheur les robes qu'Edmond avait confisquées. J'ai passé la journée à désinfecter la maison de fond en comble, à aérer les chambres. J'ai fait bouillir les draps et les serviettes, où étaient encore imprimées les traces de doigts d'Edmond, et je les ai laissé sécher au grand vent jusqu'à ce qu'ils sentent l'églantine et le blé vert. J'ai descendu sur la grève tout ce qui avait appartenu à Edmond — ses champignons séchés, ses catalogues, son linge, son speculum — et j'ai allumé un feu pour les brûler. Le soir venu, j'étais sale et fatiguée, mais satisfaite du travail accompli. On ne vantera jamais assez les vertus du labeur physique, qui apporte plus de contentement que n'importe quelle occupation intellectuelle. Pour me récompenser, je suis restée une heure dans le bain. En sortant de l'eau, je n'avais plus conscience que du parfum de savon frais sur ma peau, de la blancheur lustrée de mes ongles, de la douceur de mes dents polies. Dissipée l'odeur âcre d'Edmond, oubliée la douleur perçante de ses forages.

Je suis restée tard dans le boudoir à profiter du silence de la nuit, à faire vibrer mes tympans en serrant très fort les paupières. Les heures passaient, scandées par le timbre de la pendule. Je sentais mon esprit s'affûter après avoir été émoussé par tant de mois de léthargie, et mes sens atteindre une acuité qu'ils ne possédaient pas auparavant. Les couleurs me semblaient plus vives, les sons plus clairs, les parfums plus distincts

— probablement l'effet d'être enfin libre après avoir été longtemps momifiée. Mais en même temps me revenaient, avec insistance, des images que je ne parvenais ni à secouer ni à contourner. Toutes mes pensées finissaient par converger vers Edmond, m'attirant dans un vortex obscur d'où je ne pouvais m'extraire.

Arriverai-je jamais à oublier le souvenir de sa dernière nuit, ou serai-je condamnée à la revivre sans cesse comme si j'y étais encore? Je le revois apparaître dans l'embrasure de la porte, le visage tuméfié, cherchant son souffle et tenant à deux mains sa robe de chambre trempée de sueur. Il venait m'annoncer d'une voix anxieuse qu'il avait passé du sang et vomi violemment les champignons dont il s'était gavé au dîner. Ces symptômes, il les connaissait trop bien pour les avoir tant de fois décrits dans ses traités de mycologie: c'était ceux causés par un empoisonnement à l'amanite vireuse, contre laquelle il n'existe aucun antidote. J'avais toujours soupçonné que mon mari était un botaniste lamentable, mais tout de même pas au point d'être incapable de reconnaître un champignon vénéneux... J'ai pensé qu'il faisait juste une petite indigestion, dont il ne se ressentirait pas le lendemain et, pour lui donner la leçon, je n'ai pu m'empêcher de lui répéter la même platitude qu'il m'avait maintes fois servie: «Voyons, Edmond, tu laisses la peur dominer ton imagination.» Comment aurais-je pu deviner la gravité de son état?

Je l'ai tout de même forcé à s'étendre, et je suis restée debout toute la nuit à lui donner à boire, à changer ses compresses, comme une épouse dévouée. Il a finalement cessé de s'agiter et, rassurée, je me suis assise pour me reposer un peu. Ma compassion nouvelle à l'égard d'Edmond me laissait perplexe. Je m'expliquais mal le sang-froid avec lequel je supportais soudain, et résolument, d'être si près d'un corps qui, en temps normal, provoquait chez moi des haut-le-cœur. La maladie a-t-elle l'effet d'immuniser ceux qui la soignent contre le dégoût, ou l'attachement que j'avais autrefois éprouvé pour Edmond était-il en train de ressurgir? La vue de sa pauvre tête sur l'oreiller me faisait pitié et, tant il est vrai que l'on n'est touchée par un homme qu'à son premier signe de faiblesse, je me surprenais même à regretter de ne pas avoir répondu à son affection.

J'ai dû m'assoupir, parce que lorsque j'ai rouvert les yeux, le jour s'était levé. Quelque chose n'allait pas : Edmond ne respirait presque plus, son corps refroidissait déjà les draps. Le cœur serré, je l'ai appelé, il ne m'a pas répondu. Je l'ai secoué doucement, essayant de contenir ma peur. À mon soulagement, il a battu des paupières et, avec effort, m'a fait signe d'approcher. Je me suis agenouillée près de lui, j'ai pris sa main. Il n'a d'abord émis qu'une série de sons confus, puis il a réussi à articuler :

« *Hodie mihi, cras tibi...* » — Mon tour aujourd'hui, le tien demain.

Même à l'agonie, il trouvait encore le moyen de s'acharner contre moi, d'essayer de m'entraîner dans sa chute. J'ai dû blêmir de rage, non contre lui, mais contre moi-même qui m'étais laissée fléchir. J'ai voulu me relever, mais Edmond m'avait agrippée par la peau du cou et tentait de happer mes lèvres pour me soustraire un ultime baiser. Chez les musulmans, il était autrefois coutume de recueillir l'âme d'un ami mourant en collant sa bouche sur la sienne et en aspirant son dernier souffle. Je n'ai pas laissé Edmond insuffler sa vile âme dans mon corps. J'ai saisi une noisette qui traînait sur ma table de chevet et je l'ai enfoncée jusqu'au fond de sa gorge, comme un bouchon.

Dies iræ, dies illa... Lorsque siégera le Juge, tout secret sera révélé, rien ne restera impuni. À tout péché miséricorde, mais pas à tout pécheur : à Edmond, il ne sera pas pardonné.

Livre de bord du capitaine Ian Ryder

Nivalis, 9 août 1895
Lat. 52° N., long. 55° W., temp. 61°

Trois semaines se sont écoulées depuis ma dernière entrée, que j'ai bien cru être mon ultime. Me voici pourtant en vue de Terre-Neuve, sain et sauf, n'ayant trouvé ni les mystères de Dieu ni ceux du pôle.

Je devrais consigner comment je suis arrivé à l'île Disko mais, en vérité, j'ai très peu de souvenirs de mon traître voyage entre les icebergs et les glaciers déchiquetés. À peine quelques images. Les particules de neige enveloppant le navire d'un linceul gris, le fouettement des voiles sur les mâts, le mugissement assourdissant du vent, les remous diaboliques du courant, les démangeaisons de mon corps couvert de poux, le goût douceâtre des petites crevettes auxquelles je dois ma survie, qui se congelaient dans l'air à peine pêchées et me coupaient le palais.

J'ai été recueilli par les Esquimaux de Godhavn plus mort que vif. Leur village consistait en deux igloos de pierre couverts de mousse de tourbe, six abris à chiens et huit caches pour les provisions. Aucun endroit désigné pour les ordures : il y avait des plumes et des carcasses d'oiseaux éparpillées dans toutes les directions. Je partageais l'un des deux igloos avec dix autres personnes. Des os de baleine, de morse et de narval couvraient les murs intérieurs. Le plafond était si bas que les chasseurs, assis jambes croisées sur des peaux de bœuf musqué, devaient tenir leur tête penchée sur la poitrine. La nuit, les ronflements des vieillards, les grognements de jouissance des couples et les pleurs des nouveau-nés me tenaient éveillé. Mais cette promiscuité ne me dérangeait pas. Elle m'aidait à oublier le cauchemar du bateau.

Au centre de l'igloo brûlait un feu de graisse de baleine. Un réchaud en stéatite servait à faire fondre la neige, que l'on puisait dans une outre en peau de phoque. Les Esquimaux pourraient faire cuire leur viande, néanmoins ils préfèrent la manger crue, ou putréfiée au point d'être méconnaissable. Il fallait que je sois affamé pour ne pas rechigner quand on me servait un morceau de foie de morse sanguinolent. Ma sensibilité civilisée a toutefois repris le dessus quand un de mes hôtes a voulu me faire goûter au *kiviaq* — des guillemots faisandés durant des semaines dans une carcasse de phoque, noirs comme du boudin et grouillants de larves — et à l'*uruner* — de la fiente de perdrix battue avec de la graisse de phoque chaude.

Pendant que les hommes étaient partis chasser, je restais comme un invalide auprès des femmes, à les regarder coudre les peaux de renards bleus ou s'occuper des lampes en fixant les mèches de mousse dans le suif de bœuf musqué qu'elles avaient fait fondre au creux d'une omoplate de morse. Un matin, l'une d'elles a accouché à quelques pas de moi, un morceau de verre lui servant de bistouri. Si l'enfant avait été infirme ou difforme, elle aurait été obligée de l'étrangler.

La semaine dernière, un baleinier a été aperçu au large. J'ai pu convaincre le capitaine de me prêter quatre marins pour m'aider à ramener le *Nivalis* en Nouvelle-Écosse, et nous aborderons d'ici quelques jours. Ce n'est pas une perspective qui me réjouit. J'appréhende le retour à la civilisation, moi qui suis physiquement et moralement diminué. Hier encore, je me considérais fortuné que le froid m'ait préservé des douleurs et de l'infection, et la perte d'un œil me paraissait un prix minime à payer pour ma vie. Mais je réalise aujourd'hui que, sans cet œil, mon existence sera pénible. Limité par les œillères d'un champ restreint, je ne peux plus appréhender la vastitude de l'horizon que par de grands pivotements de la tête. Ma vision, réduite à deux dimensions, n'offre plus aucune sensation de relief. Si écrire, geste autrefois machinal, représente une entreprise ardue et astreignante pour le seul œil qui me reste, j'imagine mal comment je m'acquitterai de tâches plus exigeantes. Et puis la prunelle crevée m'a laissé un visage défiguré, dans lequel je ne me reconnais pas.

À la veille de rentrer au pays, je me prépare à affronter les malédictions des veuves de mes pauvres marins, les regards apitoyés des jeunes exaltées, le dédain narquois des timorés qui, eux, n'échouent jamais pour la simple et bonne raison qu'ils n'entreprennent jamais rien. Mais ce que je redoute le plus, c'est de retrouver Clara Beaumont, si près de moi et si loin de ma portée. J'étais à l'abri de telles blessures d'amour-propre chez les Esquimaux. J'aurais dû rester à Godhavn et ne jamais revenir.

Cosmo Remington à Irène Beaumont

Samedi

Amie des bons et des mauvais jours,

Si tu veux savoir ce que j'ai fait de reluisant depuis mon arrivée, eh bien! je me suis lancé dans le grand ménage. Maman m'a signalé à maintes reprises que nous avions des gens justement pour cela et que je devrais plutôt profiter de mes vacances, mais quand j'arrête de bouger, j'ai automatiquement des bouffées de remords à l'égard de Joachim — cher Joachim, que j'ai bien négligé à sa dernière heure. Ah, si seulement la mort avait eu la courtoisie de m'aviser d'avance de ses intentions, je ne me serais pas laissé distraire de mes obligations comme un mauvais élève. Pourquoi a-t-il fallu que je rencontre Rakham, aussi? C'est lui le tentateur qui m'a détourné du droit chemin en me faisant miroiter ses médaillons. D'ailleurs, parlons-en de ses médaillons: je ne sais par quel vice caché, ils se sont fendillés les uns après les autres. Je les ai apportés ici avec moi, dans l'espoir que l'humidité du bord de mer leur serait bénéfique, or leur état ne fait qu'empirer. J'ai beau les laver tous les jours, ils se poissent aussitôt. Dire que c'est pour ces colifichets que j'ai laissé Joachim sacrifier son corps à la science! Enfin... Le mal est fait, l'heure des lamentations est passée. Alors au lieu de brailler comme un grand veau, je frotte, j'astique et j'époussette.

Ta tante Beaumont nous a invités à dîner demain. Je ne sais pas encore si j'irai. Je ne demande pas mieux que de sortir un peu, l'ennui c'est que j'y rencontrerai sans doute Elizabeth Sandborne, qui voudra encore m'entretenir de l'amour en général, espérant ainsi m'attirer sur le terrain glissant du particulier — comme si j'allais tomber dans un piège aussi flagrant... La pauvre illusionnée m'a poursuivi jusqu'ici et toutes mes tentatives pour l'éviter ont échoué devant sa persistance. Postée derrière la haie, elle attend que je sorte ; si je ne sors pas, elle sonne à la porte ; si je ne réponds pas, elle se pend à la sonnette. Je ne peux même pas me cacher dans les jupes de maman, dont les pires airs de dragon n'ont pas le moindre effet dissuasif sur Elizabeth. Hier, elle a surgi de l'ombre alors que j'étendais du linge et m'a sauté au cou. J'ai été tellement saisi que j'ai renversé mon panier. Elle a alors insisté pour m'aider à relaver mes chemises, malgré mes plus vives protestations — la lessive étant, de toutes les tâches ménagères, la plus intime.

Ma situation est loin d'être enviable. D'un côté, Elizabeth que je me désâme à repousser. De l'autre, maman qui me soupçonne de l'encourager secrètement. C'est trop révoltant. Tiens, j'aime mieux ne pas y penser et retourner à mes torchons.

C. REMINGTON

Irène Beaumont à Clara Weiss

New Raven, le dimanche 11 août

Pauvre, pauvre chérie,

Je n'arrive pas encore à croire qu'Edmond ne soit plus de ce monde. Qui eût deviné que, d'entre nous tous, il serait le prochain à partir ? Je n'ai jamais eu beaucoup de sympathie pour lui, et je ne l'ai jamais caché, néanmoins il ne méritait pas un sort si cruel. Toi non plus, d'ailleurs. La vie, qui s'est déjà montrée bien injuste à ton égard, aurait pu t'épargner cette dernière épreuve.

Je sais que tu aurais apprécié, dans ton affliction, le réconfort de ma présence. Malheureusement, il est hors de question que je quitte Rakham pour le moment. Non parce qu'il boit plus qu'il ne peut le tolérer, bien que cela ne l'aide pas. Tout autre chose le préoccupe : il craint d'être dépouillé de sa renommée, raillé par tous, car il ne vient pas à bout de la statue de Marie-Madeleine sur laquelle il travaille depuis des semaines. Au début, je n'ai vu dans les accès de colère qui terminaient chacune de nos séances qu'une frustration de créateur devant une matière récalcitrante. Je sais maintenant que c'est le désespoir d'un amateur devant les limites de son talent. Toi qui as plus de perspicacité que moi, tu avais si justement douté de la paternité de ta statuette... Eh bien, j'ai eu la preuve jeudi dernier de la supercherie que tu avais pressentie : Rakham est le dernier des imposteurs.

La date où le monument devra être complété arrivant à grands pas, Rakham m'avait demandé d'arriver tôt le matin pour avoir une bonne journée devant lui. Comme d'habitude, il n'était pas encore levé et, en attendant qu'il vienne me rejoindre dans l'atelier, je suis allée fouiner dans la fonderie, bien qu'il m'en ait strictement interdit l'accès. En franchissant le seuil, j'ai été assaillie par les relents d'une bouteille de gin qui avait roulé par terre et s'était répandue sur le sol. Je me suis avancée vers les fourneaux devant lesquels gisaient une vingtaine de statues grandeur nature en verre moulé. Je suis restée saisie. Ces statues-là étaient d'une beauté à tirer les larmes et semblaient des pièces de musée comparées au navrant modelage pour lequel je pose! Quelles mortelles avaient bien pu inspirer à Rakham ces chefs-d'œuvre? Morfondue, lacérée de jalousie, je suis allée m'asseoir à la table de travail, espérant trouver dans les croquis originaux quelque indice qui me révélerait leur identité. Sous les instruments de gravure, les cabochons de pierres colorées et les palets de cristal servant à la fabrication des médailles, il n'y avait qu'une série de planches arrachées à des albums d'art, à des livrets d'encan, à des catalogues de collections particulières. C'étaient donc ça, mes rivales: des statues de maîtres anciens auxquelles Rakham avait apporté certaines modifications, certes, mais qu'il avait plagiées tout de même. Voilà la somme de son génie!

Je prends un risque énorme en te racontant tout cela. Rakham, qui m'a surprise dans la fonderie, m'a menacée de représailles si j'évente son secret. Il devrait pourtant savoir que je ne le trahirai jamais. Je comprends trop ce qui l'a réduit à ces bassesses. Pauvre homme. Pour son plus grand malheur, il a reçu l'ambition du sublime mais pas assez d'invention pour l'atteindre. Peux-tu imaginer son désespoir devant les navets plats, fades, triviaux que ses mains, livrées à elles-mêmes, s'obstinent à produire? C'est pour échapper à la médiocrité qu'il en est réduit à copier. Au début, il choisissait des œuvres obscures que personne ne risquait de reconnaître. Enhardi par ses succès, il grappille maintenant à gauche et à droite, chapardant à Canova et au Bernin des éléments qu'il combine pour créer de nouveaux avatars. Il n'est jamais à court de sujets ou de compositions, puisqu'il n'a qu'à consulter ses prédécesseurs. Le paradoxe de cette méthode, c'est que d'un magma de plagiat il est en train de créer un style original, qui ne ressemble qu'à lui.

«Et pourquoi cela serait-il un crime? s'est-il défendu. Les antiquités sont les seuls échos par lesquels nous parviennent encore les voix des Muses défuntes. Dans notre monde moderne si pauvre en beauté, il n'y a rien d'autre qui soit susceptible d'inspirer de grandes œuvres. Même pas toi, mon Irène.»

C'est ce que nous verrons... Mon orgueil a été piqué au vif par ses paroles et je te jure que je les démentirai. Je ferai en sorte que mon corps devienne l'indispensable muse de Rakham, notre Marie-Madeleine sera plus admirable que tout ce qu'il plagie. Mais pour cela, il me faudra être plus souple à ses désirs, accepter avec docilité ses petites méchancetés, me soumettre à ses caresses rudes, même à sa façon brutale d'entrechoquer nos dents quand il m'embrasse. Et ne pas craindre de dire, comme le Christ: *Ceci est mon corps livré pour vous*. Le sacrifice de ma volonté se trouvera amplement récompensé dans ces moments privilégiés où, en posant pour lui, mon corps sera le centre de son attention.

Ma pauvre chérie, comprends-tu seulement un mot de ce que je te raconte? C'est bien égoïste de ma part de venir troubler ton repos avec mes petites préoccupations. Je sais que tu ne m'écris jamais, néanmoins j'aimerais recevoir une lettre de toi pour m'assurer que tu te remets. Je m'inquiète à ton sujet et pense à toi souvent,

I.

Journal de Clara Weiss

Lundi 12 août

Au crépuscule de sa vie, le sénateur Schulz a développé des intérêts plus spirituels que terrestres. Il m'avait invitée aujourd'hui pour me montrer sa vaste collection de livres et de manuscrits religieux, autant orthodoxes qu'hérétiques, dont certains remontent aux premiers temps de la chrétienté. Mais il semblait tout aussi fier de sa bibliothèque, qui est une réplique de la Bibliotheca Pepysiana du collège Magdalene de Cambridge. Dans une pièce longue et étroite, parquetée en damier, fenêtrée d'œils-de-bœuf, se dressent quatorze armoires en palissandre où les livres sont classés non par ordre alphabétique mais par couleurs de reliure: ici les chamois et les crème, là les bronze et les roses, au centre les céladon, au fond les noires et les vermillon.

«Voyez comme, sur chaque tablette, tous les livres sont d'égale hauteur. C'est parce que je surélève les plus petits sur un socle de bois relié en basane dorée.»

J'aurais bien aimé fureter dans les rayons, mais le sénateur, qui peut se montrer très bavard, était parti dans ses souvenirs du Parlement.

«Maintenant, parlez-moi de vous», m'a-t-il soudain demandé.

La chose que je déteste le plus au monde.

«Il n'y a pas grand-chose à dire.

— Vraiment? Vous êtes donc une âme simple. Ha!»

Il s'est tourné vers les fenêtres donnant sur la mer et, le regard au loin, s'est perdu dans ses pensées. J'attendais qu'il m'explique ce qu'il entendait par ce «Ha!», mais il semblait résolu à prolonger ce silence inconfortable, et je n'osais le briser avec les banalités qui me venaient à l'esprit.

«Clara, a-t-il dit enfin. Vous êtes venue ici, vous m'avez écouté patiemment, souffrant mon bavardage sans m'interrompre. Et lorsque vous avez ouvert la bouche, c'était pour acquiescer à ce que je disais sans me contredire. Cela est très inquiétant. Vous êtes emmurée dans un demi-silence qui doit être intolérable. Votre véritable voix, celle de vos pensées, ne la laissez-vous jamais s'exprimer?»

J'ai bafouillé que je ne savais à quelle voix il faisait allusion. Il m'a regardée par-dessus ses lunettes et m'a dit:

«Savez-vous à qui vous me faites penser?»

Il a sorti des replis de sa jaquette une figurine en quartz transparent. Je connaissais trop bien cette figurine et je n'ai pu m'empêcher de m'exclamer:

«La Marie-Madeleine de Rakham!

— De Rakham? Sûrement pas. Elle est beaucoup trop ancienne pour cela. Elle remonte au moins au XIᵉ siècle.»

Bien sûr, je me trouvais ici en présence de l'œuvre originale. Et si elle était aussi ancienne que l'affirmait le sénateur, elle était en état de parfaite conservation: pas la moindre éraflure ne venait rompre l'uniformité de sa surface. On aurait presque dit de la glace pétrifiée.

«C'est la sainte après sa mort, ai-je dit, son corps devenu un pur cristal, tel que le décrit Grégoire de Tours dans ses *Libri miraculorum*.

— Savez-vous que certains gnostiques, probablement les mêmes qui croyaient qu'Adam était transparent avant sa chute, professaient que le Christ aussi s'était transformé en pur cristal après sa mort?»

Je l'ignorais, mais si vraiment son corps fragile risquait de voler en éclats au premier contact, cela expliquait pourquoi, le matin de Pâques, il avait réprimé l'élan de Marie-Madeleine avec son énigmatique *Noli me tangere*.

« Mais il l'a aussi appelée *Dulcis Dilectrix*, Douce Amante. Et c'est elle, qu'il avait choisie comme premier témoin de sa résurrection, qu'il a également choisie comme première apôtre. Or qu'a-t-elle fait de cette parole que le Christ lui avait confiée ? Au lieu de la porter elle-même, elle est allée la remettre à saint Pierre ! »

J'avais beau remuer ma mémoire, je ne me souvenais d'aucun épisode semblable dans l'Évangile.

« Vous avez raison, cette histoire ne figure pas dans le canon. Mais on la trouve dans les dialogues gnostiques. Tenez, laissez-moi vous montrer. »

Et il m'a tendu un morceau de parchemin : c'était une page arrachée de son codex, racornie à force d'avoir été manipulée, couverte de caractères hébraïques soigneusement alignés. Le texte était peut-être en copte, peut-être en syriaque — pas en grec. Une main obligeante avait traduit, dans la marge, quelques lignes de ce dialogue entre Marie-Madeleine et le Christ : *Je n'ose vous parler librement, Seigneur, car Pierre me fait bafouiller. J'ai peur de lui : il déteste la race des femmes.* J'ai remis le document au sénateur sans réagir. Ce qui ne l'a pas empêché de poursuivre son discours.

« Cessez de châtrer votre voix, Clara, et de redouter son pouvoir fécondateur. Il fait beau être une terre fertile, mais on ne récolte ainsi que ce qu'un étranger a bien voulu y planter. Croyez-moi, il est plus enrichissant d'être celui qui sème à tout vent. Une fois que vous l'aurez compris, vous ne pourrez plus jamais vous borner à être une oreille attentive. D'ailleurs, l'âme humaine, après avoir été étirée par une nouvelle expérience, ne reprend jamais sa dimension originale.»

J'aurais voulu lui répondre qu'il se trompait sur mon compte, mais je ne savais par où commencer — et mon silence lui a donné raison. Je suis revenue à la maison la gorge serrée, déprimée. Je me sentais recluse dans le cachot exigu de mon corps, isolée du reste du monde par une grande solitude circulaire qui avançait avec moi, toujours changeante, toujours la même.

Chaque fois que je suis face à quelqu'un qui prétend mieux me connaître que moi-même, et surtout quand c'est avec la conviction du sénateur, j'oublie momentanément qui je suis. Je me demande si les autres ne voient pas en moi des failles sur lesquelles je me serais aveuglée, je ne peux soutenir le faix de leur mépris et je finis par me haïr.

Il faut me méfier de ces jugements erronés qui, comme des voix de sirènes, essaient de me détourner de moi-même. Même le sénateur n'est pas infaillible et les étiquettes qu'il veut m'impartir sont tout aussi étouffantes que mon mutisme. Bien sûr, j'aimerais être plus volubile. Mais pour semer à tout vent, il faut avoir du grain sous la main. Or il se trouve que j'ai l'esprit de l'escalier. Les reparties brillantes, lapidaires me viennent toujours trop tard, lorsque le moment est passé et qu'il est devenu inopportun de les prononcer. Je suis réduite à tenir des conversations imaginaires avec des interlocuteurs fantômes — Edmond, la plupart du temps, à qui je rends enfin la monnaie de sa pièce. En vérité, j'appartiens à une société secrète dont je suis

l'unique membre : moi seule sais que j'aurais un don
pour la parole si seulement on me laissait le temps de
réfléchir.

Hortense Beaumont à Clara Weiss

Oyster Bay, mardi 13 août 1895

Ma petite Poucette,

Je t'écris de la véranda en terminant mon déjeuner.
Si tu voyais ce qui se passe à Oyster Bay cet été ! Notre
pittoresque station balnéaire a été envahie par une
nouvelle race d'estivants — les Américains riches et
bruyants. Un diplomate ayant fait carrière à Kowloon a
érigé, sur l'ancien pré de monsieur Pickering, un
pavillon chinois. Son voisin élève des tortues pour sa
soupe favorite et une Bostonienne donne tous les
après-midi des fêtes sur la plage, qu'elle fait couvrir de
tapis orientaux afin de protéger les escarpins des dames.
Je ne sais ce qui a pu les attirer ici, toujours est-il qu'ils
rompent la tranquillité de notre communauté et surtout celle de notre honorable mairesse.

« Il faut au moins quatre saisons d'inlassables efforts
pour se faire un nom à Oyster Bay, m'a-t-elle dit, et ces
nouveaux riches ne seront pas reçus chez moi ! »

Ce qui ne l'empêche pas d'essayer de rivaliser avec
eux. Elle a invité hier tous nos chiens à un ridicule
déjeuner sur l'herbe. Pas besoin de te décrire l'état de la
pelouse après leur passage. On ne me prendrait pas à
m'y promener, même s'il y avait cinquante tapis orientaux pour protéger mes escarpins.

Du reste, certains de ces Américains sont d'excellente
compagnie. J'ai fait la rencontre, au magasin général,

d'une dame de Concord, Beryl Cox. C'est une médium réputée. Je suis très flattée qu'elle ait été intéressée par mes relations avec les arbres. Cosmo Remington lui a demandé s'il lui serait possible de communiquer avec Joachim. Elle a donc organisé une petite séance à laquelle assistaient aussi le maire et son épouse, madame Sandborne et sa petite-fille Elizabeth. L'événement a eu lieu samedi soir autour d'un guéridon.

Madame Cox a d'abord prié tous les assistants de rester silencieux et de poser le bout des doigts sur la table. Après quelques minutes, on a senti un mouvement considérable. Les esprits étaient bien présents. On a alors éteint les lumières et la médium, assise en retrait, est entrée en transe.

On a longtemps attendu sans que rien d'extraordinaire n'arrive. Au moment où l'on commençait à s'impatienter, voilà que de la bouche de madame Cox est sorti un long cordon bleuté qui est descendu jusqu'à ses genoux. Ce ruban ectoplasmique a pris diverses formes, tantôt s'étalant comme un éventail, tantôt formant des doigts en spatule. Une main parfaitement modelée s'est finalement détachée du médium et s'est avancée vers le maire. Madame la mairesse, affolée, a demandé que l'on interrompe immédiatement la séance, mais la main s'était déjà volatilisée.

La silhouette d'un homme couronné, apparue tout d'un coup, se profilait maintenant sur un des rideaux noirs dont la pièce était tendue. Parlant par la bouche de madame Cox, il prétendait être Childéric Ier, quatrième roi après Pharamond, père de Clovis, époux de Basine, chassé du trône pour ses mœurs dissolues. Elizabeth Sandborne lui a demandé s'il nous apportait des nouvelles de l'au-delà.

«Oui, ma grosse. Dans les prés de l'Élysée, les morts broutent de l'asphodèle. Quant aux anges, ils viennent de recevoir de nouvelles auréoles de 23 carats.»

Il nous a recommandé d'aller piller son tombeau où, dit-il, nous trouverons mille pièces de monnaie impériale, trois cents abeilles en or et six noisettes de cristal. Du sort de Joachim, il n'a rien voulu nous dire, mais nous a promis de revenir nous en parler.

Autant te l'avouer, cela m'a un peu laissée sur ma faim. Je ne conteste pas les dons de madame Cox, et je n'oserais pas mettre la vision de ce spectre au rang de la fantasmagorie, mais disons que je considère les révélations que me font mes arbres tout aussi sinon autrement plus impressionnantes. Cosmo Remington, par contre, en a reçu un tel choc qu'il n'a pu fermer l'œil de la nuit.

Mon Dieu, j'ai failli oublier la raison pour laquelle je t'écris. Figure-toi que la mairesse a entendu une rumeur à l'effet que le *Nivalis* aurait abordé hier au port de Halifax. Si le capitaine Ryder est de retour, chère Poucette, il va falloir songer à quitter sa maison et à revenir parmi nous. J'en saurai sûrement plus long aujourd'hui et je te tiendrai au courant. Il se pourrait aussi que tu aies des nouvelles avant moi, si le capitaine se rend directement à Blackpool. De toute façon, fais-moi savoir quand tu voudras que j'aille te chercher.

À bientôt,

TA TANTE HORTENSE

Cosmo Remington à Théodore Rakham

Mardi

Rakham,

Je vous renvoie dans ce paquet les six médailles que vous m'avez vendues le mois dernier. Comme vous pourrez le constater, à la vue comme à l'odorat, elles sont dans un état innommable et ne méritent que le dépotoir.

Je ne sais quelle mauvaise plaisanterie vous avez voulu me jouer, mais soyez averti qu'on ne me la fait pas. J'exige le remboursement complet de la somme monumentale que vous m'avez soutirée. Et comptez-vous chanceux que je ne vous demande pas un dédommagement pour les dégâts que vos immondices ont causé à ma vitrine. J'attends votre paiement dans les plus brefs délais.

Je vous prie d'agréer l'expression de mes sentiments irrespectueux et de me faire le plaisir d'aller, cher Rakham, au diable.

C. REMINGTON

Journal de Clara Weiss

Mercredi 14 août

J'ai rêvé cette nuit que j'avais égaré le cadavre d'Edmond dans la morgue de la clinique. Le docteur Clavel m'est apparu comme l'ange du sépulcre et m'a dit : « Pourquoi cherches-tu les vivants parmi les morts ? »

C'est sûrement ma dernière visite chez le sénateur qui m'a mis en tête ces images morbides. Je voulais lui faire mes adieux avant de quitter Blackpool et, comme il faisait encore la sieste quand je suis arrivée, je suis allée l'attendre dans la bibliothèque, contente d'avoir enfin l'occasion de feuilleter ses livres. Il y avait là toute une collection de recueil liturgiques — évangiles onciaux, antiphonaires maronites, bréviaires mozarabes —, de révélations ambrosiennes, de commentaires d'hérésiarques. Et puis aussi une Vulgate, *Les Miracles de la Vierge*, les *Pandectes* de Justinien, la *Vie des papes* de Platina... Plus de trois mille ouvrages de dévotion.

Enfin, de dévotion... c'est vite dit. Sous le camouflage des couvertures sobres et des titres pieux, j'ai découvert les plus scabreux écrits jamais issus de plume de pornographe — d'obscurs romans griffonnés en tapinois dans des recoins de boudoirs par des courtisanes pseudonymes, d'impudiques mémoires de couventines sentant encore le roussi des autodafés auxquels ils avaient échappé de justesse, des confessions de vieux satyres mises en circulation par quelque imprimerie clandestine pour une poignée d'amateurs avertis.

«Trouvé quelque chose d'intéressant?»

La voix, blanche et enrouée, m'a fait sursauter et me lever d'un bond. Le sénateur, de l'embrasure de la porte, m'observait d'un air entendu. Sans remarquer mon embarras devant la nature de ses lectures, il s'est lancé dans une explication sur le caractère sacré de la volupté. J'en ai retenu peu de chose sinon que, selon lui, les romans licencieux sont des révélations divines au même titre que les confessions des grands mystiques, qu'il faut en méditer les passages et les soumettre à l'exégèse; si j'ai bien compris, on doit ainsi arriver à perfectionner les techniques de ce qu'il appelle la prière charnelle et avoir un avant-goût des béatitudes qui attendent les élus dans l'autre monde.

« Il est écrit qu'au jour du Jugement, lorsque sonnera la trompette, les corps des défunts se relèveront — mais dans quel état, je vous le demande ! Imaginez un peu la danse macabre... Quel plaisir pourrons-nous donc tirer de nos squelettes décharnés ? J'ai beaucoup réfléchi à la question depuis notre première conversation, et j'en suis venu à la conclusion que pour connaître la félicité éternelle, il faut s'assurer de maintenir nos corps en parfait état de conservation après la mort.

— Pour obtenir la grâce d'être miraculeusement préservé de la décomposition comme les grandes mystiques — Thérèse d'Avila, Catherine de Sienne ou Anne Catherine Emmerich —, la virginité est une condition absolue. Toutefois, vous pourriez être momifié ou, mieux encore, vitrifié comme Marie-Madeleine. Dans son *Essai sur les sépultures*, l'architecte Pierre Giraud donne la recette pour dissoudre les corps dans la lessive des savonniers et les convertir en verre, que l'on peut ensuite mouler à l'effigie des défunts... »

Ma suggestion, qui l'a pourtant amusé, n'a pas eu l'heur de le convaincre.

« Vous savez, pour saint Augustin le purgatoire était un *frigidarium*, et c'est pourquoi j'ai la conviction que la congélation est une meilleure solution. En tout cas, c'est ce que je vous recommande. »

Les préoccupations du sénateur me sont si étrangères, à moi qui aurais préféré n'être jamais incarnée, qui considère mon corps comme mon Persécuteur, et qui attends avec impatience le moment où je serai enfin délivrée de ce démon familier qui menace à tout

moment d'asservir ma raison à la tyrannie de ses ins-
tincts naturels. N'est-ce pas ce qui m'est arrivé hier
dans la bibliothèque, et qui m'a tant fait rougir lorsque
le sénateur m'a pincée en flagrant délit de curiosité ? À
force de me nourrir de lectures inoffensives, j'oublie
que certaines autres réservent de mauvaises surprises.
Vénéneuses comme des champignons, elles ne démas-
quent leur goût amer qu'une fois consommées, et qu'il
est trop tard pour les recracher.

De retour à la maison, je suis montée directement à
ma chambre et je me suis plongée dans une des grandes interrogations de mon cher Thomas Browne, à
savoir : Adam, seul homme à n'être pas né d'une femme,
possédait-il ou non un nombril ? Cela a soutenu mon
attention durant un bon trente secondes avant que les
évocations délétères des mots que j'avais lus en
cachette me reviennent en mémoire et prennent le dessus. Irritée contre moi-même, j'ai prié : *Seigneur, éloi-
gnez de moi cette coupe*, et cela m'a fait penser à la
coupelle de la trousse d'Edmond. Où était-elle passée ?
Je ne l'avais sûrement pas brûlée avec le reste de ses
effets. Je l'ai retrouvée sur l'étagère de la salle de bains.
J'ai passé la coupelle au-dessus de la lampe jusqu'à ce
que les cristaux de morphine écument, j'ai rempli la
seringue et je me suis fait une injection. Très vite,
le narcotique a fait effet et, s'il ne m'a procuré aucun
bien-être, il m'a du moins apporté l'immense soulagement de tout oublier pendant quelque temps.
L'homme est un animal anxieux et doit avoir pour chasser ses soucis de quoi calmer son esprit...

Quelle ironie. Voilà que je poursuis l'indigne traitement que me faisait subir Edmond. Je ne me comprends plus.

Durant la nuit, le vent a tourné et, bien que le ciel soit maintenant dégagé, il fait trop frais pour laisser les fenêtres ouvertes. La mer est moutonneuse, la végétation un peu fauve. On sent que les chaleurs ne reviendront plus et que l'automne est déjà à la porte — et je ne serai plus ici pour l'accueillir. Je savais que le jour viendrait où je devrais retourner chez tante Hortense ; je ne l'attendais pas si vite. Je ne quitte pas cette maison de gaieté de cœur. Je me suis habituée à sa simplicité monastique, à son dénuement, surtout à ce mode de vie solitaire qui favorise le recueillement et la méditation. Et puis, surtout, je sens qu'Edmond est encore ici, tout près, belliqueux, et je n'aime pas être forcée de battre en retraite alors que nous n'avons pas fini de régler nos comptes.

Journal d'Ian Ryder

Blackpool, 17 août 1895

Le vent se lève et les rideaux s'enflent comme des voiles. La maison, vaisseau solitaire, glisse à la surface houleuse du pré, la bruyère vient écumer contre ses flancs. Dehors, le grand négondo se balance sur ses ancres. Je me suis si bien adapté aux mouvements de la mer que, sur la terre ferme, tout tangue autour de moi.

Ce sentiment d'instabilité s'est décuplé en revenant ici. Rien n'a bougé durant mon absence, et pourtant tout a changé. Les lieux ont acquis une mémoire par laquelle le passé récent ne cesse de faire incursion dans le présent : impossible de me tourner sans croiser les derniers doigts à avoir allumé cette lampe, sans rencontrer les dernières lèvres à avoir bu dans ce verre. La nuit, je me retrouve contre le corps de celle qui a dormi dans mon lit, et qui brille d'autant plus par son absence qu'elle n'a laissé aucune trace de son passage — pas le moindre livre, pas le moindre cheveu qui soit resté derrière. Je le sais, parce que j'ai cherché partout.

Lazare Schulz, qu'en temps opportun j'aurais été content de revoir, est venu me déranger dans mes investigations. Impatienté de cette interruption, je l'ai reçu sur le pas de la porte, de façon pas très hospitalière. Le pauvre homme, qui confond explorateurs et archéologues, voulait connaître le résultat de mes fouilles dans le Grand Nord. Je lui ai fait comprendre que ce n'était pas le but de mon expédition et que, de toute façon, il n'y avait probablement rien à arracher aux sols gelés que des fragments d'outils primitifs. Quant aux tombeaux esquimaux, j'en avais déjà ouvert un par erreur et n'y avais découvert aucunes richesses — du moins pas au sens où il devait l'entendre.

J'aurais préféré m'en tenir là, mais le sénateur me harcelait de questions et je craignais que ma réticence ne commence à paraître suspecte. Je lui ai donc fait un récit de l'aventure, prenant soin de rester très succinct. Je me suis limité à lui raconter comment, sur le chemin du retour, j'avais trouvé au fond d'une baie un tumulus de pierre que j'avais pris pour une de ces caches disséminées à travers le territoire, où les chasseurs esquimaux stockent le gibier. Pour moi qui étais à demi mort de faim et qui depuis des jours cherchais en vain, dans un paysage sans vie, des signes de l'existence d'un renard, d'un lièvre, d'un bruant des neiges, cette provision de vivres était inespérée. J'ai vite dégagé à la base du tumulus une sorte de chatière et, m'y étant faufilé, j'ai débouché sur une étroite cavité. Dans les interstices des pierres s'était formée une couche de glace dont aucune insertion ne brouillait la parfaite transparence ; la lumière qui s'y réfractait comme à travers un prisme projetait dans toutes les directions des arceaux irisés. Je me serais cru au cœur d'une chapelle diaprée par les feux de ses vitraux — une chapelle ardente, pour être plus précis, car sur le sol gisait, enveloppée dans une peau de phoque, une morte parfaitement préservée par le froid.

« Ainsi donc le corps était intact. Pensez donc ! » s'est exclamé le sénateur. Des larmes de joie lui tremblaient dans les yeux.

Je m'en voulais de couper court à son transport en abrégeant sa visite, mais j'en avais déjà assez dit sur cette expérience inavouable, et j'étais trop tenté d'alléger ma conscience par une confession que j'aurais par la suite amèrement regrettée. D'ailleurs, comment aurais-je traduit l'émoi que j'avais ressenti devant la morte ? Rien n'aurait pu me préparer à une telle vision. Je me trouvais non pas devant la beauté insipide associée à la jeunesse et à la fraîcheur, mais devant celle, sublime, frappante, du dessèchement qui parchemine le cuir et ajoure les feuilles mortes. La peau momifiée de la défunte était crevée à la pointe des pommettes, ses longs cils pendaient comme des suaires effilochés au bord des paupières, ses dents avaient les craquelures du vieil ivoire. Elle me faisait penser à ces étoiles fantômes qui n'existent plus mais dont on peut encore admirer les rayons séculaires. Je n'aurais peut-être pas dû investiguer davantage. Mais, comme ces oiseaux qui, à force de fixer les serpents, finissent par s'hypnotiser eux-mêmes, j'étais possédé par une curiosité morbide, si impérieuse que je n'avais d'autre choix que d'y céder. J'ai écarté la peau de phoque qui couvrait la morte et j'ai achevé de la déshabiller. Je me suis penché sur elle, avec révérence j'ai posé mes lèvres sur son sein. Et j'ai écarté les dents...

Quand je suis sorti du tumulus, le temps s'était gâté. Une lueur blafarde avait absorbé tout le paysage, et l'horizon avec. Perdu dans un espace uniformément gris, j'avançais sans autre point de repère que la masse sombre du bateau, sur une banquise qui menaçait à tout moment de céder sous mon poids. *Le précipice est sous la glace, glissez, mortels, n'appuyez pas...* Le vent cinglant me faisait venir aux yeux des larmes qui se congelaient aussitôt sur mes cils. Complètement aveuglé par cette visière de gelée blanche, j'ai mal calculé mon élan en remontant sur le bateau : je n'ai pas vu que je fonçais droit sur les clous saillants retenant l'échelle de corde au bastingage. Si seulement je pouvais retracer mes pas entre les sillons du temps, rattraper cet instant d'inattention, prévenir mon imprudence. Mais la vie n'accorde pas de seconde chance. Il n'y a aucune façon d'éviter que le clou vulnérant ne me transperce l'œil. Et tout ce qu'il me reste à faire, c'est de passer maintenant des heures devant le miroir, à examiner ma plaie atroce, dans l'espoir qu'avec le temps, je m'apprivoiserai à ce trou inerte qui fait désormais partie de moi.

Irène Beaumont à Clara Weiss

New Raven, le dimanche 18 août

Pauvre chérie,

Je pense souvent à toi ces jours-ci, et au triste tournant qu'a pris ton existence. Te voilà veuve, avec ton destin déjà derrière toi, alors que j'ai encore toutes les raisons d'espérer de grandes félicités (je parle de ma liaison avec Rakham). Nous ne sommes pourtant pas si différentes, toi et moi. En fait, nous sommes les deux faces d'une même médaille. Nous partageons le même tempérament, et puis surtout la même curiosité malsaine pour la chose masculine. Ce qui nous oppose, c'est notre attitude à l'égard de cette curiosité. Moi, je l'admets sans honte et m'y abandonne. Toi, ton orgueil ne t'a jamais permis d'y céder et t'a poussée dans les bras d'un homme qui ne pouvait sûrement pas te satisfaire. Aussi, si tu as aujourd'hui l'impression d'être passée à côté de la vie, tu ne peux t'en prendre qu'à toi-même.

Il n'est toutefois pas trop tard pour partir à l'aventure. Chaque jour amène son lot d'imprévu, il faut savoir en profiter. Prends ce qui m'est arrivé aujourd'hui, par exemple. J'avais rendez-vous à l'entrée du tunnel pour assister à l'installation de ma statue. J'avais été tenue à l'écart du moulage en verre (Rakham est persuadé que tout le monde, moi y compris, cherche à lui dérober le secret de son procédé de fabrication) et, naturellement, j'étais impatiente de voir si le résultat final était à la hauteur de mes espoirs. Je suis arrivée avec une bonne demi-heure d'avance, et j'ai eu tout le loisir de constater l'ambition du monument. Le gigantesque arc de bronze serti de corps en verre a atteint trois fois les dimensions originellement prévues. Je n'ose imaginer ce qu'il en coûtera à la ville de New Raven. Mais, comme dit Rakham, l'art n'a pas de prix.

Les échos d'un drôle de tapage me parvenaient du tunnel. Je me suis approchée, intriguée, j'ai tendu l'oreille : que les sifflements des courants d'air, les fouettements d'ailes des oiseaux nichant sous la voûte, le crissement du ballast sous mes pas. Je me suis avancée un peu plus, me guidant de la main droite sans jamais perdre contact avec la paroi comme on le fait dans un labyrinthe, et j'ai vu palpiter dans le noir un point incandescent. Presque aussitôt, l'odeur revêche d'un cigare m'a rejointe à travers les vapeurs de la créosote. Quelqu'un a braqué son fanal sur moi et m'a crié d'un ton menaçant :

«Vous ne pouvez pas passer ici. Vous êtes sur une voie privée !»

C'était monsieur Remington. Le vieux bougon... Il a mis du temps à me reconnaître et à apaiser sa colère. Pendant que sa famille le croit parti à la pêche, il s'affaire à réparer lui-même son tunnel pour épargner sur la main-d'œuvre, et utilise le moindre boulon des wagons endommagés par l'accident pour ne rien gaspiller. Très fier de lui, il m'a montré comment il avait rafistolé une poutre fendue avec de la broche à foin, une planche de bois vermoulu et un bout de tuyau rouillé. Je lui ai demandé si cela serait assez solide.

«Ne vous inquiétez pas. Ça tiendra, vous verrez. Ça tiendra !»

Puis il s'est mis à me faire la leçon sur les divers moyens d'économiser les bouts de chandelle.

«N'oubliez pas qu'avec des cents, on fait des piastres» fut sa dernière recommandation avant de me laisser partir.

Dehors, Rakham venait d'arriver avec une horde d'ouvriers occupés à transporter la statue. Lorsque j'ai aperçu l'image de mon corps, j'ai eu un choc. Je n'avais pas réalisé à quel point la pose que m'avait fait prendre Rakham manquait d'élégance. Les cuisses écartées laissaient entrevoir mes parties intimes, reproduites avec une précision d'anatomiste que la transparence du verre ne parvenait pas à vaporiser. Les ouvriers, passablement amusés, lançaient des grossièretés. Sans aucune considération pour moi, cette bande de rustres me passaient leurs pattes par-devant et par-derrière, les lèvres humides de convoitise. Peux-tu t'imaginer la sensation de se laisser palper ainsi par figure interposée? Probablement pas, pauvre innocente chérie.

Tout de même, j'ai hâte que tu voies la statue. Je ne veux pas me vanter, mais c'est une œuvre d'une intensité remarquable. Elle est imparfaite à bien des égards, mais c'est cette imperfection même qui lui donne son caractère humain et vivant. J'espère que la suie des locomotives ne l'enfumera pas. Cela serait vraiment trop dommage.

Ta sœur adorée,

I.

Hortense Beaumont à Irène Beaumont

Oyster Bay, mardi 20 août 1895

Chère filleule,

Quand donc en finiras-tu avec tes fredaines et nous honoreras-tu de ta visite? L'été touche à sa fin, et tu auras manqué tous ses agréments — notre pique-nique annuel, par exemple, auquel tu t'amusais toujours tant, et qui a encore eu un franc succès. J'aurais espéré que ta sœur, qui fuit habituellement ce genre d'événement, ferait une entorse à ses principes. Cela lui aurait changé les idées. Mais elle a préféré rester à la maison et m'accorder un peu de répit, ce dont je ne me suis pas trop plainte. Loin de moi l'intention de la critiquer, surtout dans l'état où elle se trouve, mais il faut bien dire qu'elle peut parfois se montrer difficile, et même n'être franchement pas de tout repos. Depuis son arrivée ici, je m'épuise à essayer de la satisfaire. En vain. Elle trouve à redire sur tout, depuis l'état des matelas jusqu'aux odeurs de la cave. La maison de Blackpool lui manque et elle ne serait heureuse que si elle retournait vivre là-bas.

Mais laisse-moi plutôt te raconter ce pique-nique, et la ridicule pantomime dont j'ai été témoin. Nous avions quitté Oyster Bay tôt dans l'après-midi, entassés dans deux buggies bondés. En arrivant au lac, quelle ne fut pas notre déconvenue de trouver, installés à notre endroit favori, des gens du coin qui s'amusaient à lancer le fer à cheval. Thomas Rostock, jamais à court d'idées, a convaincu le vieux monsieur Cawdor de nous laisser pique-niquer sur sa terre. Chargés de paniers, de casseroles et de chaises cannées, nous avons suivi le sentier des vaches jusqu'à un sous-bois qui donnait sur la rive du lac. L'endroit était idyllique et nous allions féliciter Thomas de sa trouvaille quand nous avons aperçu, au bout du pré, monsieur Cawdor qui s'amenait avec sa ribambelle de grands et de petits morveux. Nous étions un peu décontenancés, mais nous ne pouvions tout de même pas leur dire de retourner chez eux. Heureusement, ils sont restés à l'écart, mangeant en silence les humbles sandwiches à la pâte de homard qu'ils avaient enveloppés dans du papier ciré, roulant des yeux comme font toujours les gens de la campagne quand ils regardent les gens de la ville.

Pendant que les hommes étaient partis pêcher, les femmes sont restées au bord de l'eau à boire de la limonade. Les jeunes filles, elles, ont décidé d'aller cueillir des framboises, et moi j'ai été me promener dans le verger des Cawdor, qui cultivent la Pomme de neige, la Maiden's Blush, la Tolman dorée, la Blue Pearmain. C'était ma première rencontre avec des pommiers, et je ne m'attendais pas à ce qu'ils se montrent aussi bavards. Ils m'ont mise en garde contre le basilic, dont le parfum fait pousser des scorpions dans le cerveau; ils m'ont affirmé que les diamants se ramollissent dans le sang de chèvre, et que les émeraudes se fêlent si on les porte durant la copulation. Ils m'ont raconté que le mot «castor» veut dire en grec «qui se castre», car l'animal n'hésite pas à se ronger les testicules quand on le pourchasse, sachant que c'est à son castoréum qu'on en veut. On en apprend tous les jours!

Je revenais tranquillement vers le lac quand j'ai aperçu Elizabeth Sandborne perchée sur un arbre. Elle tenait Cosmo par quatre ficelles et s'amusait à le manipuler comme un pantin. Le pauvre garçon se laissait faire, exécutant de grands moulinets des deux bras, tombant jambes en l'air pour le plus grand plaisir de sa marionnettiste. Dès qu'il montrait des signes de fatigue, il recevait une pomme sur la tête. Je ne sais à quoi pensent les jeunes gens de nos jours. On dirait qu'ils ne peuvent plus se contenter de jeux innocents et naturels. Que sont devenus les tournois de tir à l'arc et de croquet, les parties de mouchoir et de *branchy-branch* qui firent les joies de ma jeunesse? C'est la mauvaise influence des romans modernes, si tu veux mon avis.

J'ai trouvé le maire affairé à allumer le feu sous les ordres de la mairesse. Le révérend O'Reilly enveloppait dans du papier journal mouillé les épis de maïs qui seraient cuits sous la braise. Thomas nettoyait quelques belles truites. La table était couverte de victuailles: relish de maïs, tranches de tomates, agneau froid à la menthe, melon d'eau rafraîchi dans le lac, petits chaussons à la cannelle, gâteau à la compote de pommes, tartelettes au babeurre. Cosmo ayant oublié d'apporter le tire-bouchon, les bouteilles ont dû être débouchées au canif.

Ce n'est que quand le crépuscule est tombé sur le lac et que les ouaouarons ont commencé leur cacophonie nocturne que nous avons ramassé nos affaires. Avec une pointe de nostalgie, nous avons pris le sentier du retour. Plus je vieillis, plus je trouve du plaisir dans ces petits bonheurs de l'existence. J'aimerais bien que tu aies la même sagesse.

Affectueusement,

TANTE HORTENSE

Journal de Clara Weiss

Mercredi 21 août

Voilà deux jours que j'évite de prendre la plume. Je ne veux pas penser à ce qui m'est arrivé; je ne veux pas l'oublier non plus. Si seulement j'étais restée sagement à Oyster Bay, je n'aurais rencontré personne — tout le monde était au pique-nique. Non, il a fallu que j'aille marcher sur la plage. Il a fallu que je retourne à Blackpool. Comme si Edmond y était encore, et qu'allait se jouer la conclusion de notre duel inachevé.

Je suis arrivée à la hauteur du sentier qui mène à la maison le dos en sueur, la robe collée à la peau — ce qui est bien la sensation la plus désagréable qui soit. J'ai dégrafé mon corsage et je me suis approchée de l'eau pour mouiller mon mouchoir. C'est à ce moment que je l'ai aperçu. Le capitaine Ryder. Il avait surgi de l'eau tout à coup et se tenait debout, face à l'horizon, les jambes dressées comme des brisants contre lesquels venaient déferler les vagues. Il était légèrement vêtu (pour être franche, il ne portait rien). Je ne voulais pas le fixer, c'est si inconvenant, mais comment empêcher les yeux de suivre leur inclination naturelle? Alors j'ai regardé, j'ai regardé, je l'avoue. Et je ne peux y repenser sans en avoir le souffle coupé. Il y avait dans ce corps tant de force, de vitalité. Je ne peux l'exprimer autrement: c'était de la vie dans la masse inerte de la mer. Non, il n'y avait rien de commun entre ce corps-là et l'enveloppe ingrate, trapue, velue d'Edmond. Toute à mon imprudente curiosité, je n'ai même pas pensé que le capitaine pouvait se retourner d'un instant à l'autre et me surprendre. De quoi aurais-je eu l'air, avec ma robe dégrafée? En fait, ce qui est arrivé est bien pire. Profitant de mon trouble, mon mouchoir, mon petit mouchoir blanc s'est échappé de mes doigts et, emporté par le vent, est allé s'empêtrer dans les jambes du capitaine. J'ai pensé:

«Cet homme-là va croire que je lui ai lancé mon mouchoir délibérément, il m'adressera sûrement la parole. Comme tout cela est embarrassant.»

Mais il ne m'a pas adressé la parole. Il a simplement tourné la tête vers moi et nous sommes restés là, immobiles, à nous toiser en chiens de faïence. Son regard était difficile à soutenir, peut-être parce que son couvre-œil lui donnait l'air féroce d'un pirate, peut-être parce que les rayons de ses yeux se trouvaient concentrés en un seul foyer. Mais je ne voulais pas être la première à fléchir. Sans me méfier des dangers auxquels m'exposait ma hardiesse, j'ai continué à fixer le capitaine. Et j'ai vu soudain, au fond de sa prunelle glacée, les reflets troubles de ce qui s'y était imprimé: les plaines agitées par les neiges turbulentes, la masse claire des icebergs défilant dans la nuit, le sang des phoques versé sur la banquise...

Autour de moi, on aurait dit que l'air s'était brusquement refroidi. Un grand frisson m'a parcouru tout le corps, je me suis retrouvée transie jusqu'aux os. Comme je rattachais mon corsage, mon cœur s'est mis à me donner des coups dans la poitrine et je me suis sentie essoufflée. Voilà que revenaient les signes avant-coureurs de mes crises, bien qu'Edmond ne fût plus là pour les provoquer. Et comme si ce n'était pas assez, mes règles ont choisi ce moment précis pour se déclencher en flux. Forcée de battre en retraite, j'ai tourné les talons et je me suis hâtée de rentrer à la maison. Ce n'est qu'une fois arrivée devant la porte que j'ai réalisé que j'avais semé derrière moi, comme le Petit Poucet, une longue trace de gouttes de sang. Je me sentais si mal que je n'ai même pas pris le temps de nettoyer les taches. Je suis montée dans ma chambre et je me suis blottie dans les bras consolateurs de la morphine.

Cosmo Remington à Irène Beaumont

Mercredi

Ma bonne amie,

J'ai entendu une nouvelle qui me perturbe au plus haut point. Il paraît que la morgue du docteur Clavel serait, depuis quelques mois, la cible d'une redoutable bande de détrousseurs de cadavres. Mon Dieu, mon Dieu, s'il fallait que la dépouille de mon tendre Joachim disparaisse de la sorte! Je dois absolument trouver un moyen de la récupérer et de lui donner une sépulture digne de l'être exquis qu'il fut. Crois-tu que le docteur Clavel accepterait de me la rendre si je lui offrais de payer les honoraires que Joachim lui devait?

Évidemment, il me faudra beaucoup d'argent. J'ai sommé Rakham de me rembourser mes médailles, or il ne m'a pas encore répondu. Ta sœur Clara m'a fait entendre que tu serais peut-être en position d'intercéder auprès de lui en ma faveur. Je t'en supplie, fais-le si notre amitié signifie quelque chose pour toi. Je te promets qu'en témoignage de ma reconnaissance éternelle, j'irai toutes les semaines chez toi faire le grand ménage, dussé-je affronter les crises de jalousie d'Elizabeth. Vivement que cette fille retourne à Halifax. Son assiduité est en train de me rendre fou. Mais jamais elle ne réussira à s'immiscer entre moi et le souvenir de Joachim. Je serai fidèle à mon amitié jusqu'au dernier souffle. Je compte sur ton aide,

C. REMINGTON

Irène Beaumont à Clara Weiss

New Raven, le jeudi 22 août

Pauvre chérie,

Dans quel pétrin es-tu allée me mettre en suggérant à Cosmo que je pouvais l'aider? Quand Rakham a reçu sa lettre, il a ri jusqu'aux larmes — et pourquoi, crois-tu? Cosmo ne reverra jamais la couleur de son argent, qui a été bu depuis longtemps. Il ne reverra jamais le corps de Joachim non plus, car il a disparu de la morgue. Mais moi, je sais ce qu'il est devenu. L'autre soir, j'ai vu les ouvriers de Rakham le transporter dans la fonderie. Je me suis faufilée à leur suite et, sous la fenêtre, je me suis postée pour les épier.

Je ne veux pas entrer ici dans les détails d'un spectacle innommable qui te remplirait d'horreur, pauvre chérie. Permets-moi seulement de te relater les faits. Les ouvriers avaient déposé le corps sur la table de travail, et avec un sang-froid de chirurgien, il se sont mis à le dépecer. Je ne sais si j'étais retenue par une curiosité morbide ou clouée par la stupeur, mais je n'ai pas bougé de là. En moins d'une heure, les muscles ont été détachés des os, et le crâne a été décalotté et écervelé. Ce sont les mains et les pieds qui ont exigé le travail le plus délicat. Puis les ouvriers ont placé le squelette dans un bain de lessive caustique pour dissoudre ce qui restait de chair, et l'ont fait bouillir pendant une bonne heure. Les os ont été pulvérisés dans un gros broyeur et ensachés dans de la toile rouge. Finalement, le bouillon qui avait continué à réduire dans la cuve a été dégraissé et versé dans des bocaux à gelée, qu'ils ont placé dans une glacière. Ce sont ces résidus de cadavres que Rakham ajoute à ses pâtes de verre pour les rendre putrescibles.

Les récents succès de Rakham lui ont complètement tourné la tête. Quand je l'ai confronté, il n'a trouvé qu'à me dire :

« Mon monument se décomposera au même rythme qu'un corps après la mort. Une œuvre éphémère n'est-elle pas la meilleure illustration du *Vanitas vanitatis* ? »

Je ne me sens pas en sécurité. Depuis que Rakham sait que j'ai découvert le secret de son procédé, il me demande de me compromettre chaque jour davantage. Et plus je m'incline, plus il va loin. Je crois qu'il cherche l'occasion de me faire un mauvais parti. J'ai peur qu'on me retrouve, un beau matin, un clou planté dans le crâne.

Je devrais quitter Rakham au plus tôt, mais je ne m'y résous pas encore : j'ai les sens trop aiguisés, je ne suis pas prête à me passer de lui. L'abjection et le danger me font vivre dans un état d'excitation continuelle. Quand je suis seule, les tendres piqûres, les douces ecchymoses, les délicieuses morsures qu'il laisse à la surface de ma peau servent à prolonger sa présence auprès de moi ; je n'ai qu'à les effleurer pour retrouver, dans la plaisante douleur qu'elles me causent, la volupté de ses gestes.

Une seule personne pourrait me sauver de moi-même, et c'est toi, ma Clara. Est-ce que nous ne pourrions pas emménager ensemble? Il n'y a aucune raison pour que tu restes seule. Laissée à toi-même, tu serais assez malavisée pour pleurer ton Edmond jusqu'à la fin de tes jours. J'aurai besoin d'une grande chambre, d'un boudoir, et puis aussi de trois ou quatre placards: j'ai accumulé tellement de robes! Enfin, nous pourrons régler les détails quand nous nous verrons.

Ta sœur,

I.

Journal de Clara Weiss

Samedi 24 août

C'est dans l'ordre des choses, j'imagine: à peine s'est-on débarrassé d'un despote qu'il s'en présente un nouveau pour revendiquer le trône vacant. Ainsi Irène voudrait me confisquer ma solitude chèrement gagnée et m'imposer ses rires pâmés, ses parfums tapageurs et les relations de ses cabrioles d'alcôve — car elle continuerait à recevoir des visiteurs nocturnes, et se ferait un devoir de comparer leurs différents doigtés pour mon enrichissement personnel.

Je ne peux nier que sa contribution financière m'aurait arrangée. J'ai bien hérité d'Edmond une assurance sur la vie de la Canada Life et un petit placement à la Banque de Nouvelle-Écosse, mais après avoir payé l'impôt de succession, il ne restera pas grand-chose pour le loyer. Rester seule me demandera des sacrifices. Cela m'est égal. Qu'Irène aille frapper à une autre porte que la mienne. Ce n'est pas charitable de ma part, mais elle m'a trop narguée avec ses confidences pour que je ne retire pas un secret plaisir à la savoir en mauvaise posture. Et puis j'ai assez de mes propres démons sans devoir m'occuper des siens.

Oh, je déteste me retrouver aux prises avec un corps qui, loin d'avoir été neutralisé par le deuil, me presse de ses élans chaque fois que je cherche à me retirer du monde, et qui vient même corrompre mes plus innocents plaisirs. Pour fuir son influence, j'ai passé la matinée au jardin, à me concentrer sur mon cahier de dessin. J'avais si peu d'inspiration que je commençais à me demander si je ne ferais pas mieux d'imiter Rakham et de copier quelque toile connue, lorsque j'ai eu une vision. La surface irrégulière de mon bristol, frappée latéralement par le soleil, était grenée d'ombres parmi lesquelles j'ai cru reconnaître un visage. Je l'ai vite retracé au crayon avant qu'il ne se perde. L'image était saisissante. C'était comme si j'avais calqué un fantôme — le fantôme discret et recueilli d'une Marie-Madeleine aux yeux mi-clos, à la chevelure défaite. Il ne restait que la bouche à dessiner. Mais ma main dissipée m'a joué un tour. Elle a tordu le sourire angélique que j'aurais voulu reproduire et l'a transformé en un rictus équivoque.

J'ai soudain entendu un froissement dans l'herbe. J'ai levé les yeux, le capitaine était devant moi, penché sur mon dessin. J'ai refermé mon cahier d'un coup sec. Je me suis détournée quand il est venu s'asseoir sur le banc, presque contre moi. Qu'est-ce que cet homme-là était allé s'imaginer ? Que je lui avais envoyé l'autre jour le drapeau blanc de la reddition ? Et que venait-il faire ici ?

Récolter le tribut de ma défaite? La vanité des hommes n'a pas de bornes.

Non, je ne dis pas la vérité, et je veux si désespérément être honnête maintenant qu'Edmond n'est plus là pour m'obliger au mensonge. Courage, Clara.

Dès que j'ai vu le capitaine, j'ai compris que j'avais secrètement espéré sa venue. J'étais très contrariée que mon passe-temps oisif le lui laissât deviner. J'avais l'air de ne savoir que faire de mon corps, alors que lui, de toute évidence, ne vit que pour l'action. De plus, sa proximité physique inattendue me jetait dans un trouble que, même avec la plus grande maîtrise, je n'arrivais pas à dissimuler. Je ne pouvais chasser l'image de son corps dans la mer, et quand je fuyais son regard pour qu'il ne puisse lire ce qu'il y avait dans le mien, c'était pour m'abîmer dans la contemplation de ses poignets, qui sont un véritable concentré de virilité. Son teint patiné, ses rides profondes, son œil bleu glacier — tout en lui me semblait étrangement familier: est-ce parce que j'avais dormi dans son lit pendant des semaines et des semaines?

«Pourquoi vous êtes-vous sauvée l'autre jour?»

Comme si j'allais répondre à cette question... J'ai haussé les épaules avec une nonchalance feinte. En vérité, mon menton s'était mis à trembler et je devais me concentrer sur ma respiration pour l'empêcher de s'emballer. D'une voix étranglée, je lui ai demandé s'il avait atteint le pôle Nord. Il a fait signe que non.

«Je l'aurais parié», ai-je répondu.

Pourquoi, oh, pourquoi, quand je suis bouleversée, n'ai-je que des vipères qui me sortent de la bouche? J'aurais voulu rattraper mes malheureuses paroles, mais je n'ai pas eu le temps. Tante Hortense venait de faire irruption dans le jardin et accourait, aimable et volubile, exprimant toute sa joie de rencontrer enfin le capitaine. Elle l'a invité au bal qui aura lieu lundi soir dans la salle des fêtes de l'hôtel Hibernia.

«Il y aura de la musique, de la danse et des rafraîchissements. Promettez-nous que vous viendrez.»

Le capitaine a promis, puis il a pris congé. Je l'ai suivi du regard pendant qu'il descendait l'allée. Aussitôt qu'il a disparu, tante Hortense m'a poussée à l'intérieur et a refermé la porte.

«Est-ce que tu as vu?

— Est-ce que j'ai vu quoi?

— La façon dont il te regardait, avec son œil? C'était comme s'il pouvait lire à travers toi. Oh, Poucette, cet homme-là aurait un petit quelque chose pour toi que cela ne m'étonnerait pas.

— Ne soyez pas ridicule.

— Je me demande d'ailleurs pourquoi le destin le ramène dans les parages justement comme Edmond n'est plus là pour lui barrer la route. Écoute, Poucette: entends-tu ce que disent les arbres?»

Et, résolument, elle a déclaré:

«Cet homme-là t'épousera.»

Ses paroles m'ont rendue furieuse. Sans savoir si je m'adressais à elle ou à moi, j'ai hurlé:

«Laissez-moi tranquille avec votre capitaine!»

Pauvre tante Hortense. Elle est devenue toute navrée. Au lieu de m'excuser, j'ai grimpé l'escalier les sanglots dans la gorge, j'ai claqué la porte de ma chambre et je me suis précipitée sur ma seringue comme sur une bouée de sauvetage.

Je n'arrive pas à dormir, le chaud et le froid alternent en moi, j'ai la poitrine oppressée. Et si tante Hortense avait raison? Si le capitaine avait vraiment quelque chose pour moi? Je songe au message gravé sur le peigne d'ivoire, *Clarissima in cælo*... Non, ce serait trop beau... Cela ouvrirait des perspectives à donner le vertige. Les pensées filent dans ma tête à toute vitesse et en tous sens, comme une boussole affolée. Je revois Blackpool, la chambre aux colonnes d'ivoire... Si je ne me contiens pas, ma condition s'aggravera, j'en mourrai sûrement. J'ai besoin de calme, de clarté. Et d'encore un peu de morphine.

Journal d'Ian Ryder

Blackpool, 26 août 1895

L'insomnie m'a traqué jusqu'ici. Chaque matin me trouve sombre et cerné, ruminant mes espérances trompées. Accumuler les échecs, essuyer les revers — je ne suis plus guère bon qu'à cela. Si j'en doutais encore, mon entrevue d'hier en aura été la démonstration concluante. Je maudis mon arrogance de m'y être rendu confiant et tranquille, sans même me demander si je ne présumais pas de mes forces. Un peu de circonspection m'aurait au moins évité d'assister, un an plus tard, à la répétition de ma défaite — défaite d'autant plus complète que je n'avais pas, cette fois, l'excuse d'être paralysé par la présence d'un fiancé.

Il est possible qu'un séjour prolongé dans le monde froid et inerte de l'Arctique y soit pour quelque chose, mais j'en doute. Autant le concéder, j'ai eu un frisson de lâcheté devant le froncement de sourcils avec lequel m'a accueilli Clara Weiss, un réflexe de fuite devant les regards réprobateurs qu'elle jetait à la dérobée sur mon criant cache-œil. La majesté grave de son profil de camée, où je ne lisais que de l'indifférence à mon égard, a achevé de me désemparer. A-t-elle seulement soupçonné quel dépit me rongeait au moment où avortaient mes misérables avances?

Cette femme-là est pire que le pôle Nord: elle ne se rendra pas, ni à moi ni à personne, et rien ne me laisse espérer qu'elle ouvrira un jour une brèche dans son enceinte de glace pour me permettre de l'aborder.

Dans ces conditions, il est préférable de partir, le plus loin possible. De toute façon, qu'est-ce qui me retient ici? Certainement pas la vie exubérante des gens de Oyster Bay, et encore moins ma maison, temple douloureux de souvenirs qui ne m'appartiennent pas. J'ai accepté tout à l'heure la proposition du sénateur. Il m'offrait de financer une nouvelle expédition au pôle à condition que je l'emmène avec moi et que nous partions sans délai. Je crois qu'il sent sa fin approcher, et je sais qu'il tient à être enseveli là où les glaces ne fondent jamais. Vite, que je gagne moi aussi l'hiver, que la neige couvre mon amertume, que ma désolation se perde dans l'infini désert.

À l'approche du départ, je n'ai qu'un seul regret: celui d'avoir connu Clara Weiss sur la terre ferme. Si seulement elle pouvait me voir en gloire, au tympan de mon bateau...

Journal de Clara Weiss

Grand bal à l'hôtel Hibernia, auquel tout le monde semblait avoir été convié. Pavane d'habits raides, d'éventails fébriles et de diadèmes arrogants dans le grand escalier. Douloureuse gaieté des conversations. Parfum persistant des tubéreuses piquées dans ma ceinture. Je portais ma robe bleue, celle qui est un peu trop décolletée et qui a une traîne en plumes de paon. Qu'est-ce qui m'avait pris de m'attifer comme une débutante? Je n'étais pas encore entrée dans la salle de bal resplendissante de miroirs que je songeais déjà à repartir. Mais il n'était plus temps de reculer.

Je me suis approchée de la table des rafraîchissements, où Cosmo Remington s'amusait à brûler l'aigrette de la mairesse avec sa cigarette. Du fond de la salle, tante Hortense est accourue vers moi.

«Ma chère enfant, m'a-t-elle soufflé à l'oreille, qu'est-ce que tu fais ici? Tout le monde va me demander pourquoi tu n'es pas en tenue de deuil. Enfin... Nous n'en sommes pas à un cancan près. Vois-tu le capitaine Ryder là-bas? Il te cherche depuis qu'il est arrivé.»

Elle est repartie aussi vite vers un groupe de gens qui l'appelaient. J'ai pensé: «Je ne peux pas rester ici.» Tant de monde entrait dans la salle qu'il était presque impossible d'en sortir. Juste comme j'allais réussir à me frayer un passage à contre-courant, j'ai senti que par-derrière on me retenait. Je me suis retournée: c'était le pied du capitaine qui marchait sur la traîne de ma robe. Voyant que la foule mouvante me bousculait, il m'a attirée vers lui et m'a entraînée à l'écart, devant les portes de la terrasse. Je craignais de perdre l'équilibre, mais comment aurais-je pu tomber quand il m'étreignait si fermement ? Son bras s'était enroulé autour de ma taille, sa main s'appuyait sur ma hanche. Je me suis dégagée d'un coup de coude, ce qui l'a fait sourire.

« Êtes-vous toujours ainsi ? Je veux dire aussi brusque ?

— Je ne suis pas brusque. C'est vous qui m'avez tirée.

— Vous alliez encore vous sauver.

— Je n'aime pas ces soirées.

— Moi non plus, et je ne connais personne ici.

— Ne comptez pas sur moi pour vous divertir. Je n'ai aucun don pour le bavardage mondain.

— De toute façon, je crois que Cosmo Remington va parler. »

Comme de fait, l'orchestre s'était tu et Cosmo réclamait le silence. Il tenait par la main Elizabeth Sandborne, rubiconde dans sa robe rose, encore plus replète que dans mon souvenir.

« À ceux qui soutiennent, commença-t-il, que l'amour n'est pas un sentiment naturel mais qu'il a été inventé par l'homme de toutes pièces, je réponds : Très juste, mais il faut tout de même s'incliner devant la perfection du mécanisme... »

C'était là l'entrée en matière qu'il avait choisie pour annoncer ses fiançailles avec Elizabeth. Tout le monde a applaudi les heureux promis, le maire a réclamé une chanson et Elizabeth est allée se placer devant les violons. Les mains jointes, les yeux mi-clos, elle attendait le signal du chef d'orchestre. Dès qu'il a agité sa baguette, elle a ouvert un large bec et s'est lancée dans des vocalises étourdissantes. Son coffre était étonnant mais sa voix si stridente qu'elle faisait bourdonner les

pendeloques des lustres et vibrer les coupes de cristal.
Je me suis bouché les oreilles. Le capitaine a dit :

« Ne restons pas ici. »

Avant que j'aie eu le temps de réaliser ce qui m'arrivait, je me suis retrouvée au fond des jardins de l'hôtel, seule avec le capitaine. Un vent espiègle s'était levé, qui faisait osciller les arbres et créceler les ramilles. Ma robe claquait contre mes jambes, ou peut-être étaient-ce mes genoux qui tremblaient sous ma robe. Mais je ne songeais pas à rentrer.

« D'ici, on n'entend plus la musique du bal, a dit le capitaine. Cet endroit est peut-être un peu trop paisible.

— Pas autant que Blackpool.

— Blackpool est plus morne que paisible. Vous avez dû vous sentir isolée, là-bas.

— Oh non, pas cela.

— Il est vrai que vous n'étiez pas seule.

— C'est ce que vous croyez. »

Le capitaine m'a regardée d'un air surpris, et j'ai eu le sentiment de m'être trop exposée. Je n'ai pas voulu risquer de poursuivre la conversation, lui non plus, et ce mutisme prudent a duré une éternité.

Je suis depuis si longtemps l'interlocutrice muette d'échanges à sens unique que j'en suis venue à considérer le silence comme mon oratoire privé. Quelle stupéfaction de tomber soudain sur plus taciturne que moi. Quelle menace aussi. L'équilibre entre deux êtres seuls dans la nuit est déjà tellement fragile... Si les paroles s'éclipsent, les gestes, aussitôt, doivent se multiplier pour les contrebalancer et, dans leur impétuosité, ils font tout basculer dans la fosse de l'intimité.

J'imagine que pour les autres, l'émotion d'un premier contact ouvre la voie au souffle révélateur, celui qui transmet à l'amant attentif les états d'âme du corps, ses recueillements comme ses exultations. Pas pour moi. Au moment où le capitaine glissait son visage sur mes cheveux, ma gorge s'est refermée et n'a laissé passer qu'un mince filet de faussetés. J'aurais voulu reposer dans la douceur de la caresse, exprimer d'un soupir ma reconnaissance, mais ma poitrine désaccordée s'est mise à haleter comme si j'allais me noyer. Je cherchais de l'air au milieu de mes nerfs raidis, je me débattais pour ne pas sombrer dans ma crise familière. Le capitaine m'a serrée contre lui, comme pour me retenir. Je me suis cramponnée un moment aux battements de son cœur mais j'ai dû lâcher prise. Résignée, je me suis laissée couler au fond de mon angoisse.

Je suis tombée à genoux sur les plumes de paon éparses de ma traîne. J'ai pensé : « Mon corps me tient séquestrée. Il ne laissera jamais personne s'approcher de moi. » Je ne savais pas encore quel sort la nuit lui réservait.

Le capitaine s'est penché sur mon épaule, son front a heurté délicatement ma joue. Attirée par la fraîcheur de sa peau, par son odeur de neige, j'ai relevé la tête. Ses lèvres sont venues déposer un frisson sur mes lèvres ; son haleine, aussi froide qu'une bise d'hiver, s'est engouffrée en moi avec force, obligeant ma gorge à se dénouer sur son passage, résonnant dans ma poitrine comme un murmure d'océan dans un coquillage. Libérée de l'étau qui m'opprimait, j'ai poussé un profond soupir, sa bouche l'a recueilli, et nous nous sommes retrouvés confondus dans un souffle continu, bercés par le flux et le reflux de notre respiration indissoluble.

Quiconque s'abaissera sera élevé... Au fond du jardin, cette nuit, quelque chose de sombre et d'inespéré s'est éveillé en moi. Lorsque le cœur veut vraiment, le corps ne reste pas fermé. Ou est-ce le contraire?

Avant de filer, le capitaine a glissé subrepticement dans ma main un bout de coton contenant quelque chose de dur et de froid. Je ne l'ai développé que dans le secret de ma chambre. C'est un petit flocon de neige taillé dans un morceau de quartz, avec six dards ajourés. Une parfaite dentelle de cristal qui ne fondra jamais.

Irène Beaumont à Clara Weiss

New Raven, le lundi 26 août

Ma pauvre Clara,

En fin de compte, je ne pourrai pas aller rester avec toi comme je te l'avais promis. Je sais que tu comptais sur moi, et je suis désolée de te laisser tomber, mais que veux-tu: ma vie, contrairement à la tienne, est pleine de ces imprévus. Pour tout te dire, j'ai été admise à la clinique Clavel, et je ne suis pas près d'en sortir.

J'ai eu un accident — oh, rien de grave, et ne va pas alarmer tante Hortense pour si peu. C'est arrivé pendant que l'on mettait la dernière main aux préparatifs d'inauguration du monument. J'étais venue revoir ma chère statue. Toute la gare était en activité. Les ouvriers polissaient les grands arcs de bronze, la fanfare répétait *The Maple Leaf Forever* sur le quai. Et puis voilà qu'on a entendu un tintamarre venant du tunnel. C'était monsieur Remington qui avait fini ses réparations et sortait ses échafaudages. En m'apercevant, il m'a apostrophée et m'a commandé de venir l'aider au lieu de rester à le regarder comme une carpe pâmée. Dans son emportement, il a heurté le monument avec une de ses échelles, et il a fallu que ce soit ma pauvre Marie-Madeleine qui reçoive le coup. Décrochée des griffes qui la maintenaient sur l'arc, elle est allée se fracasser sur les rails. Les éclats de verre ont volé partout, j'en ai reçu sur les bras et au visage. Je me suis mise à pousser des cris hystériques tellement j'avais peur d'être défigurée.

Deux ouvriers m'ont reconduite ici, à la clinique, parce que le docteur Ormond était encore en vacances. À cause de ce qui était arrivé à Joachim, j'étais réticente à me faire soigner par le docteur Clavel, et son apparition n'a rien fait pour me calmer les esprits. Il est entré dans la salle d'examen en coup de vent, m'a dit avec brusquerie, sans préambule, d'ôter mon corsage. Habitué à se faire obéir sur-le-champ, il m'a jeté un de ces regards courroucés quand j'ai essayé de tergiverser — pas par pudeur, bien entendu, mais pour certaines raisons que tu comprendras. Je n'ai jamais rencontré quelqu'un qui ait l'air aussi désagréable, aussi suffisant — comme s'il croyait détenir le pouvoir de vie ou de mort sur ses patients. Et puis il n'entend pas à rire. Quand il m'a examinée et que ses doigts glacés m'ont chatouillée, sa voix sévère m'a vite ramenée à l'ordre :

« Il n'y a rien de drôle, mademoiselle. D'abord, vous allez me dire comment vous vous êtes fait cela. »

Il ne faisait pas allusion à mes coupures, mais aux autres marques que j'ai sur le corps : mes cloques, mes escarres, mes écorchures, et toutes mes autres cicatrices, comme le sceau sur mon bras où Rakham a poinçonné ses armes. J'ai répondu par une pirouette, et le docteur a vu dans cette esquive la confirmation de ce qu'il soupçonnait, à savoir que j'avais dû m'infliger moi-même ces blessures.

«Les jeunes femmes sujettes, comme vous, aux perversions ont besoin d'être placées sous étroite surveillance. Je vais être obligé de vous garder ici et de vous faire suivre une cure antithermique: diète crue, traitements réfrigérants, et beaucoup de sommeil.»

Laisse-moi te dire que son ton ne laissait place à aucune protestation. J'ai docilement suivi l'infirmière.

Je n'avais vu de la clinique que l'étage des malades. Je ne me serais jamais doutée de ce qui se cache derrière les portes capitonnées des salles de traitements, ni de ce qu'on nous y fait subir. Tous les matins, ma routine commence par un bain glacé, suivi de lotions froides avec une éponge imbibée de vinaigre et de compresses abdominales fréquemment renouvelées. L'après-midi, après que l'on m'a enveloppée dans un drap mouillé, la tête y compris, le docteur vient m'administrer en lavement une pinte d'eau très froide. L'application de sacs de glace sur la tête, le thorax et l'abdomen est réservée à l'heure du coucher.

Oh, Clara, pourquoi ne m'as-tu jamais soufflé mot de ces traitements? Je me serais arrangée pour être internée ici bien avant. D'abord, il y a dans ces lieux inhospitaliers un climat malveillant qui force à rester constamment sur le qui-vive et empêche les sensations de s'engourdir. Cette galerie des glaces, avec ses murs immaculés et ses meubles d'acier, intensifie par effet de contraste la chaleur du corps. Je sens comme je ne les ai jamais sentis auparavant les douilletteries frileuses de mon épiderme, mais également les feux de mes organes internes; quand le docteur Clavel me palpe, ses doigts me semblent encore plus brûlants que la peau nue d'un amant dans un lit glacé. Et puis, disons-le, les traitements, particulièrement les lavements, sont une mortification qui mène à des révélations insoupçonnées.

Tu voudras sûrement venir me visiter. Pas besoin de te précipiter ici dès ton retour ; comme je te l'ai dit, je ne suis pas près d'avoir mon congé. En fait, je voudrais ne plus jamais repartir de cette clinique des délices. Pauvre Clara, faut-il que tu aies été bête pour ne pas profiter pleinement de ton séjour ici.

I.

Ian Ryder à Clara Weiss

Halifax, 28 août 1895

Clara,

Je repars pour l'Arctique avec le sénateur Schulz, et je ne serai pas de retour avant l'été prochain. Voilà, le plus dur est écrit. Ce n'est pas à mon honneur de vous l'annoncer en me cachant derrière l'écran d'une lettre. Mais sachez que cent fois j'ai essayé de vous le dire l'autre soir, et cent fois les mots me sont restés dans la gorge.

Si j'ai appris quelque chose ces derniers jours, c'est que le courage que je croyais avoir n'était rien d'autre que cet héroïsme circonstanciel dont les hommes d'action se font une gloire, mais qui appartient réellement à leur instinct de survie. Le véritable courage est tout autre. Il se mesure non aux actes mais aux paroles, il s'applique non à une situation particulière mais à l'ensemble d'une vie. Il exige que, jour après jour, l'on s'engage à dénoncer les injustices, à confronter l'hypocrisie, à reconnaître ses torts, et surtout à ne jamais mentir par omission.

Je suis loin d'avoir cette force morale. Si j'avais vraiment eu du courage, je vous aurais dit la vérité l'autre soir. Je vous aurais fait comprendre pourquoi je tiens à honorer l'engagement que j'ai pris avec le sénateur, même si une nouvelle amarre me retenait ici. Je vous aurais peut-être même convaincue de m'accompagner sur le *Nivalis*. Là-haut, au-delà du cercle polaire, je vous aurais ouvert les portes d'un monde intact et pur, j'aurais mis à vos pieds tout l'ivoire du Nord, je vous aurais ensevelie de fourrures pour vous garder du froid. Dans le silence gelé, nous n'aurions pas eu besoin de parler.

Mais je devrai me contenter de votre absence omniprésente, et espérer secrètement que vous penserez à moi chaque fois que je penserai à vous. Je glisse dans l'enveloppe la clef de ma maison de Blackpool. Je ne voudrais pas que vous vous mépreniez sur mon geste et y voyiez une injonction d'aller m'y attendre. J'espère seulement que vous aurez envie d'y passer parfois quelques jours, si jamais vous vous sentez seule. Cela me permettra ainsi de vous imaginer dans un décor familier. Je ne vous oublierai pas. Vous serez l'étoile claire de mes nuits polaires.

IAN RYDER

Journal de Clara Weiss

Quand j'ai tourné la clef dans la serrure, mon cœur a bondi dans ma poitrine. Son souvenir était si palpable, son odeur si perceptible, j'ai pensé immédiatement : « Il n'est pas parti. Il est encore ici. » Et un frisson d'exaltation m'est descendu tout le long de l'échine. Je n'espérais pas tant d'émotion.

Le capitaine a laissé dans la chambre des fourrures pour moi. Cet hiver, je n'aurai pas froid. Je lis et relis sa lettre. Il y a un certain courage à avouer ainsi ses lâchetés. Une certaine complaisance aussi, qui dispense de les racheter. Est-ce que je l'aurais suivi s'il m'avait parlé l'autre soir ? J'en doute. Quel attrait peut bien avoir le monde des glaces quand on a connu la fusion...

Comme tous les taciturnes, le capitaine prête à l'éloquence un pouvoir de persuasion qu'elle n'a pas. Le langage du corps, malgré sa syntaxe rudimentaire et son vocabulaire fruste, est autrement plus convaincant. Plus ambigu, aussi. Ainsi l'autre soir, le capitaine, découvrant en moi une incandescence soudaine, a naturellement supposé qu'elle jetait ses lueurs sur tout le reste. Comment aurait-il pu deviner qu'il y avait une telle inadéquation entre mes sens et mes sentiments ? J'avais compté sur cette illusion pour me permettre de revenir ici, dans cette maison que j'ai été si fâchée de quitter. Mais jamais je n'aurais espéré que le destin jouerait en ma faveur à ce point, en envoyant le capitaine au loin et en m'envoyant sa clef sur un plateau d'argent. Maintenant, je peux passer aux choses sérieuses.

Edmond, Edmond... Nous voici enfin seuls. Es-tu aussi excité que moi? Inutile de te cacher, je t'entends rôder dans la salle de bains. Je sens d'ici ton odeur cadavérique. Prends ma main et monte avec moi dans la chambre, que nous finissions enfin ce que nous avions commencé. Tu ne peux pas m'échapper, mon petit écureuil, tu es pris au piège. Le cercle de ma rancune se resserre sur toi. Viens, Edmond, l'heure de nos retrouvailles a sonné. À nous deux!

Guy Frégault
La civilisation de la
    Nouvelle-France 1713-1744

Daniel Gagnon
La fille à marier

François-Xavier Garneau
Histoire du Canada

Jacques Garneau
La mornifle

Saint-Denys Garneau
Journal
Regards et jeux dans l'espace

Louis Gauthier
Anna
Les aventures de Sivis Pacem
    et de Para Bellum *(2 tomes)*
Les grands légumes célestes
    vous parlent
Le pont de Londres
Souvenir du San Chiquita
Voyage en Irlande avec un
    parapluie

Antoine Gérin-Lajoie
Jean Rivard, le défricheur
    suivi de Jean Rivard,
    économiste

Rodolphe Girard
Marie Calumet
Nouveaux contes de chez nous

André Giroux
Au-delà des visages

**Jean Cléo Godin
et Laurent Mailhot**
Théâtre québécois *(2 tomes)*

Alain Grandbois
Avant le chaos
Né à Québec

François Gravel
La note de passage

Yolande Grisé
La poésie québécoise avant
    Nelligan. Anthologie

Lionel Groulx
Notre grande aventure
Les rapaillages
Une anthologie

Germaine Guèvremont
Marie-Didace
Le Survenant

Pauline Harvey
Le deuxième monopoly
    des précieux
Encore une partie pour Berri
La ville aux gueux

Anne Hébert
Le temps sauvage
Le torrent

**Anne Hébert
et Frank Scott**
Dialogue sur la traduction

Louis Hémon
Maria Chapdelaine

Nicole Houde
Les oiseaux de Saint-John
    Perse

Suzanne Jacob
La survie

AGMV Marquis

MEMBRE DE SCABRINI MEDIA

Québec, Canada
2004